春虎的猫尾

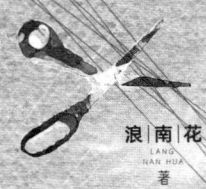

浪 南 花
LANG NAN HUA
著

江苏凤凰文艺出版社

Chapter 01 春虎 001

Chapter 02 尾巴 022

Chapter 03 主动 049

Chapter 04 喜欢 073

Chapter 05 暑假 100

Chapter 06 自私 122

Chapter 07 界限 150

Chapter 08 重遇 178

Chapter 09 投网 199

Chapter 10 猫尾 224

Extra 春忆 245

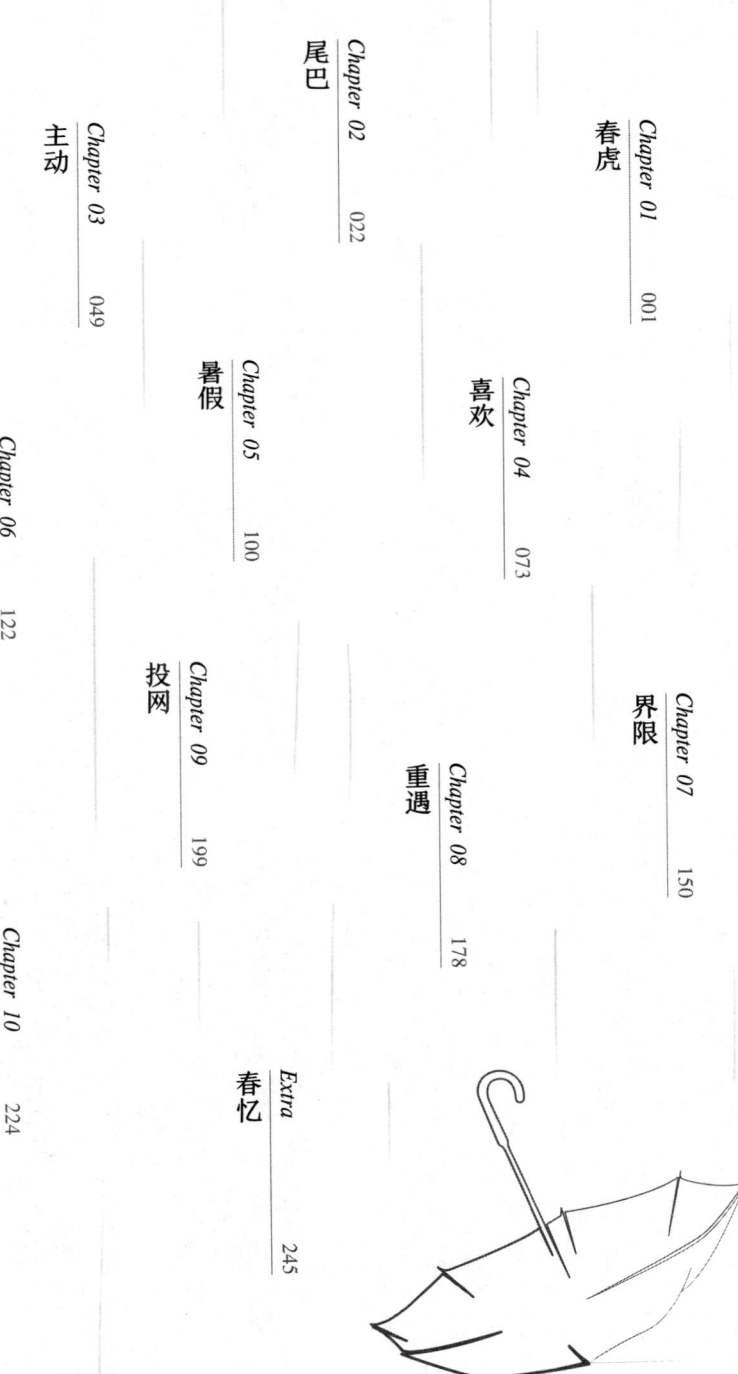

Chapter 01 / 春虎

南方的春天多雨,台风却不怎么多见。

原本应该绕过禹州转向内陆的台风突然杀了个回马枪,完美地袭击禹州。禹州的人民猝不及防,最先有反应的是学校里的学生。

下午第一节课结束后,窗外便乌云密布,狂烈的风鼓进教室,带起轰隆隆的声音。

学生们的心也跟着室外的天气变化着,被那呼啸的风吹得心里躁动。铃声响了之后,他们发现刚才还算晴朗的天空已经变得阴暗,厚重的乌云堆叠在空中,不大的操场被昏暗笼罩着,的确是一副要下大雨的模样。

"是不是台风?要放假了?"

"我之前看了,天气预报说台风不会经过我们这儿。"

"那你说这天气是怎么回事?"

"不会真要放假吧?"

在他们讨论和殷切的期盼中,学校接到了教育局发来的通知，在第二节课上课前放假。

　　位于明知楼二楼的高二（13）班爆发出一阵欢呼声，学生们紧绷着的身体终于放松了，和前后左右的同学们勾肩搭背，谈论着这一场突如其来、像是"礼物"的台风。

　　班主任催促着他们赶紧回家："待会儿要下大雨了，你们赶紧走。"

　　听了催促之后，同学们纷纷起身，没带伞的人担心待会儿下大雨没得遮挡，带伞了的人担心雨太大遮不住，还有几个同学从书包里拿出手机，偷摸着在墙角给父母打电话，让他们马上过来接他们。

　　黄楚言是班里唯一没带伞又不着急回家的人。

　　她坐在靠窗的位置。

　　和同桌告别之后，她翻开地理练习册，将错题拿出来研究。周围依旧吵闹，同学们讲话，收拾东西的声音糅杂在一起。

　　黄楚言从抽屉的最深处拿出 MP3 播放器，理好杂乱的耳机线后，用耳机堵上耳朵。

　　不知道过了多久，周边窸窸窣窣的声音终于消失，她摘下耳机，下一秒，耳边传来一声巨响——打雷了。

　　紧接着，大雨倾盆而下。雨打在玻璃上，发出沉闷的声音。

　　黄楚言收回目光，握了握自己发冷的掌心，重新将耳机戴上，继续低头研究错题。

　　下午五点，学校里的保安踩着雨水上来检查教室情况，见她还在班级里，敲了敲门，让她马上回去。

"台风要来了，学校要关门了，你不能在这里自习了。"

黄楚言点点头说好，说完她便站起来，麻利地收拾东西。

保安就站在门口等着她，似乎是等她走了就直接锁门。

黄楚言收拾完东西后，和保安擦肩而过："辛苦叔叔了。"

保安将门锁上，说："没事。"说完，他又嘀咕，"三楼理科K班的灯也亮着，不知道有多少人在楼上……"

黄楚言的脚步一顿，随后又如常下楼。她走出一楼的时候，抬头看三楼，只有高二（12）班的灯还亮着。不过，那白色的光在她的注视下灭了。估计那个教室里的人也被保安赶走了。

她收回目光，没再多看。

她没带伞，住的地方离学校不远，她索性拢好外套，戴上帽子，疾步走在雨中。

街上的人并不多，但每个人都脚步匆匆，他们应该是想快点儿回家。

黄楚言低着头，觉得自己的睫毛被打湿了，又察觉到身上的衣服越来越湿，加快了脚步。

经过便利店的时候，她的脚步顿了一下，推门进去买了瓶热饮出来。

天色已经彻底黑了，街上空荡荡的，风呼呼地刮着，似乎在催行人赶紧回家。黄楚言的鞋子被雨水浸透了，她感觉脚底发凉，大腿也被冻得没什么知觉了。

她现在住的小区有些年头了，设施都没有翻新，更不用说楼了。三排八层高的老旧建筑物组成了这个小区。门口的保安亭也早就空无一人了，被住户塞进去一些废品。

黄楚言走到第三排中间那栋楼下，她的脚步顿了一下，她注意到201室的灯是关着的，然后迈着沉重的步伐往楼上走。她和黄建阳住在四楼，爬到二楼的时候，再往楼上走，还未走到四楼，她站在三四楼之间的楼道间，又沉默着下楼了。

她被冻得实在有些狠了。

她来到一层楼梯后面的空间避风。这里逼仄，还被住户堆放了很多杂物。此刻她就坐在一辆不知道是谁的老旧自行车上，脚旁还有两箱书。

平日没有人愿意来这个角落，总觉得这里潮湿阴暗，而此刻，黄楚言觉得这个小角落比外面暖和多了。

外套早就湿透了，发尾和刘海也湿漉漉的，她不用照镜子都知道自己如何的狼狈。

她掏出口袋里的热饮，用冻僵的手指撕开吸管上的塑料膜，将吸管插入饮料中，挪动着冰冷的嘴唇咬住吸管，慢慢吸了一口饮料后，口腔、食道和胃都像被激活了一样，稍微回暖。

身体里的寒意从深处慢慢散去，每个毛孔都在微张，凉气渐渐消失。

她终于缓过来一点儿了，眯着眼睛，吐出一口热气。

气温过低，她吐出的气形成一团白雾。几秒后，白雾散尽，眼前的景象清晰起来。

她看见不远处有个人正撑着伞慢慢地朝她这边走过来。

雨幕和伞遮挡着黄楚言看向他的视线，她依稀只看得清他的身形。

那人长得高，小头肩宽，每一步都走得很稳。

她没动，也没躲。

他应该老远就看见她了，所以并不惊讶。

乔嘉恒先是上下打量了她一眼，她似乎很狼狈，他不知该如何开口。他无声无息地挪开目光，走进楼里，站到她身边开始收伞。

他轻轻地抖动着黑色大伞，伞面散开雨花。

黄楚言稍微往旁边挪了挪。

乔嘉恒收完伞后没有立刻上楼，只是在她旁边站着，和她一样，对着下雨的天空发了一会儿呆。

两人并排站了一会儿，乔嘉恒问她："你喝完东西就上楼？"

少年的声音有点儿低沉，很有磁性，透过湿冷的空气传进她的耳朵里，他的声音似乎也是湿的。

黄楚言想，如果自己伸手去摸耳朵，或许也能沾一手的湿气。

她扭头看他那双有点儿狭长的眼睛，和他对视的一瞬间，她转移了目光，语气冷淡："我不回家是因为你妈在我家里。"

乔嘉恒微愣，在听清她的意思后，他抿抿嘴唇，说："那你去我家吧。"

黄楚言没拒绝，点头说："你等我。"

她从自行车筐里拿起自己湿透的书包，弯着腰走出去，抬头就看见乔嘉恒站在楼梯口，背着雨幕，正朝她这里看。

他往前探，往楼梯后面看了一眼，说："那辆自行车是我的。"他应该是在向她介绍。

"哦。"黄楚言不知道说什么,只能这样闷闷地回应一句。

乔嘉恒没再说话,转过身往楼上走。

黄楚言跟着他,低着头,无意识地踩着他在阶梯上留下的湿脚印。他的脚比她的大许多。

她能完美地踩在他鞋底印下的黑色印迹上。

走到201室的时候,乔嘉恒停住了脚步。

黄楚言站在比他低两级的台阶上,抬眼看他,看着他从书包里掏出钥匙,插入锁孔,转动钥匙,冻白的手指扣在门把手上,压下门把手,推门而入。

他探身进去,将客厅的灯打开之后,回头看她,说:"进来吧。"

她沉默地踩着阶梯往楼上走,走到201室门口的时候,乔嘉恒已经拿出了一双拖鞋放到地上。她脱下湿透的鞋,顺便把袜子脱了,光着脚踩上拖鞋。

乔嘉恒瞥了一眼,然后便转身走进厕所里。他出来的时候,手里拿着一条毛巾,说:"干净的。"

黄楚言接过毛巾,垂着眸子说:"谢谢。"

乔嘉恒进了自己的房间,门开着,拖鞋趿拉着地板的声音一直没停。他似乎一直在屋里忙活,出来的时候,已经换了一套衣服,黑色卫衣和灰色长裤,发尾还带着点儿潮意,额前的几绺湿发衬托得那双眼睛看起来更加亮了。

回到家里后,他的神情便没那么紧绷了,唇角也自然地微微向上。

他是天生的微笑唇，这是黄楚言第一次见他便发现的。

偏偏他的眼睛生得狭长，没有大双眼皮，内双的褶皱让眼睛看起来更深邃。用最近流行的话来说，他是典型的猫系长相，举手投足也优雅得像一只贵妇猫。

乔嘉恒看了她一眼，似乎在问她身上怎么还是湿漉漉的。

黄楚言低下头，她来过这里几次了，也没拘谨，直接走进厕所里。

她将头发擦干，又脱下湿透的校服外套，将里面的衣服袖子往上折了三折，勉强让手腕脱离了潮湿的桎梏。

裤子倒是不能脱，她没有穿秋裤的习惯。湿淋淋的裤脚黏在她的小腿上，她低头去拧水，耳边却响起越来越近的脚步声。

她微微抬眸，视野上方出现一只拿着吹风机的手。

"用吹风机应该快一些。"

黄楚言接过吹风机后，他转身离开。

卫生间里立刻充斥着嗡嗡的声音。

黄楚言边吹裤子边留意着外面乔嘉恒的动静。

她和乔嘉恒认识几个月了，这是第一次两人独处，有点儿尴尬，但对她来说，更多的是跃跃欲试的兴奋感。

其实她一开始就对他好奇——是父亲现女友的儿子，还和她是同龄人。甚至她在三中的时候就听说过他的名字，一些人说他长得帅，一些人说他聪明，一些人说他有教养。

见面之后，她对他的那种好奇探究转变成兴趣。

他长得太好看了，学习很好，性格温和，但是稍微注意一下，就会发现他的脾气还挺倔的。

那天吃饭，黄建阳喝醉了让两家小孩儿互相喊人，黄楚言嫌麻烦，乖乖喊了乔阿姨一声妈，乔嘉恒却怎么都不肯开口。

她记得，他当时就坐在自己的对面，头顶的灯光很亮，将他的脸照得很白。他一直在笑，盯着她爸，可那张嘴却是怎么都不肯张开。

黄楚言挺喜欢他当时的模样的，虚假、疏远，但又实在是赏心悦目。

差不多吹干头发之后，她走出去。乔嘉恒已经收拾好餐厅的桌子了，不知他从哪里倒腾出一些蒸好的饺子，他说："先吃一点儿垫垫肚子？"

他将她当作未来的妹妹照顾。

黄楚言并不客气，坐下便开始吃。

见她低头吃起来，乔嘉恒转身回了卧室。他再出来的时候，黄楚言已经将盘子里的饺子吃完了。

他看她一眼，问："不然我们在这里学一会儿习，待会儿我妈就下来做晚饭了。"

他们两个平时晚自习要上到十点，晚饭都是在学校里解决，但乔芝琳会给黄建阳做晚饭。按照常理来说，六点半左右，乔芝琳就会回家做饭了，所以他们只需要再在这里撑上一会儿，黄楚言就能回家了。

两人还要再单独相处一会儿。

其实乔嘉恒被保安赶出学校后，本是想回来打游戏的。可黄楚言在这里，他自然不好将她抛下，一个人回房间里玩游戏。

写作业就成了眼下最好的消磨时间的方法。

黄楚言说："行。"

正好，今天提前放学放得突然，她给自己制定的任务还没完成。

她低下头，从书包里拿出课本资料就开始学习，一言不发，连呼吸都是轻轻的。

坐在她身边的乔嘉恒反倒不习惯，水笔在指尖转了几圈，他别过头看黄楚言，问："你还习惯吗？"

乔芝琳总是让他多关心一下黄楚言的学习状况，说她的基础也很好，担心她因为转学后不适应环境而退步，希望乔嘉恒多帮助她。

黄楚言头都没抬，说："还行。"

乔嘉恒想了想，又问："你交到朋友了吗？"

黄楚言停下动作，抬头看他，说："没有。"

班级里的学生早就形成自己的好友圈了，没人在意她这个转学生。她只能和坐在自己周围的人说上几句话。

听到这两个字，乔嘉恒不知该说什么了。他皱着眉，想要安慰她，眼前的女孩儿却将练习册往他的方向推了推，说："老师说，在理科班教过更好的解题方法，你能帮我看看吗？"

乔嘉恒松了一口气。比起尴尬、毫无意义的聊天，他更喜欢这种有价值、目的性较强的交流。

他低头去看题目。

黄楚言按着练习册,虽说要让他看看,但是练习册离他还是有些距离,也有可能是两人原本就离得太远。总之,他若是想看清题目,就得挪椅子。

他挪了椅子,往黄楚言这个方向靠拢,他终于看清了纸上的字。

她问的是一道数学大题,文理科用的解题方法的确不一样。

他拿过草稿纸,低头在纸上演算着,公式写了一半,动作却顿住——手肘处痒痒的。他别过头看,发现黄楚言的发尾正有一下没一下地蹭着他的皮肤。

他悄无声息地侧了侧身子,但那湿软的头发又跟了上来。

他呼吸一紧,抬起眼看向身边人,却发现不知不觉间,她已经靠他这么近,近到他这一百五十度的近视眼都能看清她根根分明的睫毛。

察觉到危机后,他下意识往后面退。

大脑隐约发热,他有点儿急,也有点儿蒙。

缓了一秒后,他意识到这似乎是黄楚言的陷阱——练习册、数学题、文理科不同的解题方法,都是借口。

他看向她的眼睛,她明亮的眼里带着浅浅的戏谑,像在看一件有意思的玩具。

他忽然觉得自己看不透她了,稍微离她远一些。

黄楚言一动不动,还维持那样的姿势。

乔嘉恒静静地看着她,不知在想些什么。

几秒之后，他低头打算再去看那道题目，可黄楚言不玩了，她直接将练习册收到自己眼前，说：“我自己想想吧。”

乔嘉恒挑了一下眉，没说话，就将注意力转回到自己的作业上。

时间一分一秒地过去。

坐在他身边的黄楚言突然起身，低头摆弄了一会儿手机后，开始收拾作业。

乔嘉恒忍了忍，还是问出口：“外面下着大雨呢，你这是要去哪里？”

她低头瞥了他一眼，说：“有朋友找我。”

看着黄楚言的背影消失在门口，乔嘉恒松开握着笔的手，他这才发现手心已经出了一片汗。

其实乔嘉恒一直觉得黄楚言的性格古怪，见她第一面的时候就觉得她不好相处。

她身上带着无法捉摸的神秘感，让人看不清、靠不近，偏偏乔芝琳说她乖巧温顺。

也许她擅长在长辈面前伪装，只有同龄人能看清她的本质？

这时，屋外响起一阵震耳的雷声。

他起身走到窗边，雨下得很大，天也已经黑透。他往楼下看，一排路灯亮了起来，勉强照亮了楼下那条被暴雨侵袭的道路。路上空荡荡，一个人都没有。

他前后张望，没看见黄楚言和她口中的朋友。

他在窗边站了一会儿后,身后突然传来开门声。他以为是黄楚言折返,回头看见的却是乔芝琳,提起的心又放了下来。

母亲对他在家里似乎感到震惊,将脸侧的头发别到耳后,问:"你怎么回来了?"

乔嘉恒指了指屋外的狂风暴雨,说:"刮台风了,学校提早放学。"

她走进来,说:"哦?那楚言呢?她怎么还没回家?"

乔嘉恒没直说:"刚才我在楼下碰见她,让她上来一起写作业了。"

乔芝琳一愣,大致明白了他的意思,脸上露出了一点儿尴尬的神色:"那她人呢?我在楼上也没见到她。"

乔嘉恒想起黄楚言说的话,稍微改了一个字:"出去找朋友了。"

乔芝琳松了一口气,嘀咕道:"放学怎么都不说一声?"

此刻的黄楚言撑着伞,站在小区门口,不知道要往哪里去。

其实没人找她,她纯粹是想戏弄乔嘉恒,而且她成功了。

她说完那句话,乔嘉恒的表情既震惊又慌张。虽然一瞬间就被他掩饰下去了,但被她很敏锐地观察到了,捕捉得很清晰。

现在想想,她还是觉得他当时的神情有趣儿,想到这里,她忍不住露出一点儿笑意。

她后知后觉觉得冷,抬头看看周围,想要赶紧找到一个落脚的地方,但附近的环境对她来说其实算是陌生的。

她刚搬来这里两个月，每天七点出门上学，下了晚自习十点才能到家，周末还要写作业，自然没有精力和时间去了解小区周围的情况。

在风雨里踟蹰了几分钟，她还是决定去刚才的那个便利店。

便利店里没顾客，只有一个店员坐在前台，百无聊赖地摆弄着手机。

黄楚言买了一点儿零食，就坐在靠窗边的桌椅上。她正打算看书的时候，手机振动起来。她低头看了一眼，是沈柯帆发过来的。

她已经有一段时间没回过他消息了，他却一点儿都不消停，每天都给她发消息，从一开始的殷切关心，到如今的愤怒质疑，他问：你到底是什么意思？两个月不回消息了，是要和我绝交的意思吗？你再不回消息，我要去六中找你了。

黄楚言有点儿搞不懂男生的脑子到底在想些什么。在她看来，她和他甚至算不上是朋友，就算往深了说，最多是认识的程度。

之前在三中，沈柯帆跟她不在一个班里。他成绩差，不过长得还算周正，有鼻子有眼儿的，还是体育生，身材气质在瘦弱的同龄人中的确算是出众。

黄楚言对长得好看的人都有种莫名的好感，在升旗活动中加了他的联系方式后，两人便有一搭没一搭地在网上聊天。

高二上学期他参加球赛的时候，她顺手给他捎了一瓶水，他似乎就把这当作她给的信号了，一看见她就笑盈盈的。后来他多次想要约她出去玩,都被她拒绝了。

黄楚言不知为什么一瓶水都能被当作信物。

现在想来,她还是觉得沈柯帆蠢。

既然用文字和他说不清楚了,她索性直接给他打了电话过去。

沈柯帆电话接得很快。

黄楚言单刀直入,问:"你觉得我们是很好的朋友吗?"

电话那头的人被她吓到了,沉默几秒之后,呼吸加重:"我们在网上聊了快半年了。"

"那又怎样?"她丢下这么一句,接着说,"也没怎么聊吧,我怎么不记得我们是什么好朋友呢?"

沈柯帆被气得说不出话来,最后咬牙问:"那你的意思是说,你从没把我当朋友?"

黄楚言想了想,认真地说:"以前可能有过。"

他在打篮球时在球场上奔跑的阳光模样的确让她有过这样的念头,但也只是晃了一下,那种念头就在他鲁莽和愚钝的行为中泯灭了。

她也更加确定了自己喜欢和聪明人交朋友这件事。

"但是现在没有了。"她这样说。

沈柯帆沉默了好几秒,说:"我懂了,挂电话了。"

过了几分钟,黄楚言发现他把自己删了……

她在便利店里又坐了一会儿,然后收到黄建阳催她回家的消息。

回家洗过澡后，黄楚言照例在书桌前学习了一会儿，屋外的雨势依旧大，寒意在屋里弥漫。

当她整理好一切躺到床上的时候，身体才有一点儿回暖的感觉。

她闭上眼睛，想起了乔嘉恒。

她这人喜欢复盘，对于一天中的有趣时刻，她总会在脑中回忆，重现场景之后再抽丝剥茧地去看。

十分钟后，她睁开眼睛，脑子里只有一个念头——乔阿姨是怎么将乔嘉恒养得这么好的？聪明又漂亮，每个动作和神态都足够吸引人。

台风来了，学校停课三天。为了不拖累教学进度，老师给学生布置了任务和作业。

黄建阳照常去上班，家里只有黄楚言一个人。

她一早就起来背英语了，窗外的雨声正好成了她背书的背景音。背英语背累了，她泡了一杯茶，趿拉着拖鞋来到阳台。

她本想来透透气，却没想到往楼下一瞥，就看到了乔嘉恒。

他站在对面停放电动车的车棚下，身边还站着一个女孩儿。

雨势很大，雨落在铁制的车棚顶上，发出不小的动静。可两人似乎一点儿都没被打扰，隔着一米的距离，他们聊得很投入。

黄楚言眯着眼睛看向那个女孩儿，个子很高，身材很好，还是很漂亮的长相。虽然隔的距离有些远，但黄楚言还是一眼看到了她那双水灵灵的大眼睛。

女孩儿笑得腼腆，脸上还挂着淡淡的红晕，漂亮得让人移不开眼睛。

黄楚言的眼睛被满足了，可心情郁闷，她莫名有些泄气。

两人不知在聊些什么，乔嘉恒的背影突然动了动。黄楚言目不转睛地盯着两人，下一秒，他像是背后长了眼睛，回过头，视线往上，直直地和她的目光对上。

他一愣，黄楚言端着茶杯朝他笑了一下，算是打了招呼。

他对面的女孩儿也跟着抬头往上看，黄楚言也对她笑了一下，然后神情自若地忽略两人的目光，往后退了几步，一屁股坐在黄建阳平时用来乘凉的摇椅上。

她喝了一口滚烫的热茶，心口漫开一片温热。

她看着砸在栏杆上的雨滴，心想，乔嘉恒似乎比那个女孩儿还好看。

她躺在摇椅上出神。

几分钟后，雨势减小，她脱了拖鞋，赤脚去够栏杆上掉落的雨滴。雨珠砸在她的皮肤上，滴答滴答的，很有节奏，让她也稍稍理清了自己杂乱的思绪。

而楼下的乔嘉恒在和夏礼芸告别之后，抬头看向四楼。那里依旧没人，可他却看清了那里晃来晃去的脚丫儿，白得有些刺眼。

他不动声色地收回了视线。

黄楚言下午在楼道里碰见乔嘉恒，愣了片刻，她还是在和他擦肩而过的时候问他:"早上那个女生是你的朋友吗?"

乔嘉恒别过头看她,声音轻轻地说:"是好朋友。"

和她当时说的话对应。

台风天,她有朋友来小区找她,他也有好朋友来他家楼下等他。

放假第一天,黄楚言像往常那样,从冰箱里拿出了一点儿东西,随意做了午饭和晚饭吃。过去几年,黄建阳去上班经常会留她一个人在家里,她都是这么过来的。

晚上,黄建阳回家的时候,跟她说明天可以去二楼的乔阿姨家里吃午饭和晚饭。

黄楚言早就知道乔阿姨会做饭,而且还会弹琴,但在这几个月里,她没吃过几顿乔阿姨做的饭。

两个大人虽然已经决定搭伙过日子,却一致认为要考虑她和乔嘉恒的感受,决定要一步步来,循序渐进地让两个家庭结合在一起。除了那次黄建阳喝醉,他们从没激进地逼迫孩子去接受对方,就连去对方家里吃饭,也是现在才提起。

黄楚言却等这句话等了很久。

乔芝琳平时在兴趣补习机构教孩子们弹古筝。这两天刮台风,机构停课,她也不用去上班。于是,她就在家里操办自己的副业——甜品烘焙。

乔芝琳性格温柔,人缘好,朋友圈里的邻居或者学生家长都喜欢光顾她的生意。

她会在闲暇的时候做点儿小蛋糕和小饼干,然后再发布在自己的朋友圈里,每次甜品都会很快售罄。

白天,黄楚言在四楼能闻到蛋糕甜香的味道,晚上,她又能闻到饭菜的香味。她早就馋得不行了,于是她很快点头答应。

见她答应得爽快,黄建阳看了她一眼,似乎想说些什么,但最后他只是说:"好,你去学习吧。"

第二天到中午饭点的时候,黄楚言自觉地准备下楼蹭饭。她往身上套了一件外套,打开家门的时候,一下子愣住了。

乔嘉恒站在门口,他似是要敲门,手尴尬地停在半空中。和她对视上后,他将手放下来,继续说自己的台词:"可以下来吃饭了。"

乔芝琳让他上来喊黄楚言下楼吃饭。

黄楚言往前走了一步,于是,乔嘉恒就往后退了一下。

拖鞋的橡胶底与水泥地面发生摩擦,发出声响。

黄楚言转过身,关上门。

砰的一声,门被关上,两人都在门外了。

她抬头看了他一眼,说:"走吧。"说完,她就往楼下走。一阵潮湿的风从楼道下面卷上来,黄楚言打了个寒战,一边下楼一边将外套后面的帽子戴上。

乔嘉恒无意识地打量着几乎将自己完全包裹的黄楚言,眼神不自觉地落在她裸露的皮肤上。她穿着长裤长衣,但没穿袜子,裤脚也挽了几折,脚踝露了出来,冻得发白。

他莫名想到昨天他在楼下往上看的场景,耳边仿佛响起了昨天下雨的声音，滴滴答答的。乔嘉恒扭头看天空，明明没雨，他恍惚了一下。

似乎是见他走得慢，没跟上，黄楚言回过头看他，漂亮的眉眼隐匿在帽子下。

乔嘉恒回过神来，往下面走，他听见她说："其实你给我发消息就行了，不用特地上来。"

他继续往下走，直到站在她的身后："是我妈让我上来的。"

"哦。"黄楚言能理解。大人都这样，明明已经到了新世纪，却依旧执着这种朴素的交流方式。能面对面说，绝不浪费手机流量。

201室的门没关，留着一条缝儿，屋里饭菜的香味儿飘得整个楼道都能闻到。

黄楚言进门后，对着还在厨房里忙碌的身影喊了声"阿姨好"。

乔芝琳回过头看她，笑着让她坐下，说马上就能开饭。

乔嘉恒站在黄楚言的身后，安静地将门关上。

端上最后一道清蒸鱼后，他们就开饭了。

黄楚言吃饭的时候不爱讲话，她猜测眼前这对母子也是这样的习惯。于是她只是安静地吃饭，降低自己的存在感。饭桌上只有碗筷相碰的声音。

三个人一声不吭地吃完了一顿饭。

乔芝琳率先放下筷子，别过头看了一眼屋外，见天气还好，便起身去厨房拿了一个装好的便当盒，准备出门。

"我去给你爸送午饭。"乔芝琳对黄楚言说。

她说:"辛苦阿姨了。"

乔嘉恒起身说:"我去吧。"

乔芝琳知道乔嘉恒是担心她在台风天出门,说:"你又不知道你乔叔叔在哪里上班。"

"我给他打个电话问一下就行。"

乔芝琳还是拒绝:"你和楚言待在家里,把这一桌子碗筷收拾一下吧。"

突然被点名,黄楚言抬起头,先是看了一眼乔芝琳,眨了眨眼睛后,又看向乔嘉恒,说:"好。"

乔嘉恒也没再说什么,只是让乔芝琳路上注意安全。

乔芝琳离开后,房间里只剩下黄楚言和乔嘉恒。

他们又莫名其妙地独处了。

两人没讲话,只是默契地收拾着桌上的残局。乔嘉恒处理剩菜,黄楚言收拾碗筷。

几分钟后,桌子就收拾干净了。黄楚言朝左右看了看,又抬头看了眼时间,准备上楼写作业。

"那没什么事,我就先走了?"她看向乔嘉恒,手指无意识地卷着垂在胸前的卫衣绳子。

乔嘉恒想起什么,说:"等一下。"

他从洗衣间里走出来,手里拿着前天她落在他家的校服。

那天她说要出去找朋友,之后就没再回来,校服外套也落在他家的厕所里。昨天乔芝琳将她的衣服一起洗了并烘干。

黄楚言接过自己的衣服,扑面而来的香味儿让她愣了一下,她说:"谢谢。"

"昨天我妈把它洗了,也烘干了。"

"那我待会儿在手机上和阿姨说声谢谢。"

乔嘉恒点点头,就在黄楚言准备扭头出去的时候,他又喊住她:"等等。"

黄楚言回过头,发现他向自己伸出手掌。他的手心里是一张校卡,上面印着她的名字和照片,本来应该是别在校服外套上的。

乔嘉恒说:"我担心洗衣机洗坏了,就给你摘下来了。"

黄楚言望着乔嘉恒的脸,心想,他很细心。

"谢谢。"但她没伸手拿他手心上的校卡,只是静静地看着他。

等到乔嘉恒的表情变得僵硬尴尬,她才弯了一下眼睛,伸手去拿自己的东西。

等黄楚言将门关上后,乔嘉恒才回过神来,他低头看向自己的手掌,在想刚才她挠自己掌心的那一下是不是他的错觉。

Chapter 02 / 尾巴

三天的假期很快结束了,风雨后的禹州重归宁静。只是眼下的这个春天似乎更加潮湿,空气中的水分更加充足,深吸一口气,鼻尖都像沾着水。

上学的那天,大家都精神恹恹,像是无法从休假的状态调整过来。班级里是死气沉沉的气氛,比往常更加安静,将近一半的同学都趴在桌上补觉。

上课铃声响起,班主任走进来。先是说了一些让他们调整好状态的话,然后给他们带来一个让大家都清醒过来的消息。

"下周期中考试,很正式的大考,请大家做好准备,认真复习。"

一瞬间,学生们怨声载道。几个同学强撑着精神从桌上爬起来,一些同学皱着眉抱怨。

黄楚言则是提笔记下考试的日子,决定好好备考。她要考到一个好成绩,才有机会进最好的班级。

她是在高二下学期刚开学的时候转到六中的,因为没有正式参加分班考试，所以被安排进了文科13班，13班是一个普通班。黄建阳当时和班主任交流过，拿出她过去在三中的成绩单，说她完全可以在文科K班就读。班主任没有一口答应，只是说看看她这学期的成绩怎么样，如果优秀，自然是有机会去K班的。

黄建阳这才放下心来，转头就让黄楚言好好复习，保持住自己的成绩。

黄楚言点点头，其实不用父亲多加嘱咐，她也会主动去学习。

她想进文科K班，想得到更好的资源与环境，想在高考时考出一个很好的成绩。

之后的几天，她都在认真复习，埋头苦学的日子过得千篇一律。时间很快就溜走，为期两天的期中考试如期而至。

考试结束的那天下午，学校不再强制要求学生上晚自习。黄楚言收到乔芝琳的消息，她说自己中午做了红茶戚风蛋糕，想让她赶紧回去尝尝。看到这条消息后，她临时改变了想要留下来自习的计划，很快就收拾好了书包，准备回去吃蛋糕，却没想到被人拦住了去路。

六中门口站着一个穿着其他学校校服的人，显得画面十分违和。

黄楚言远远地看过去，只是觉得那件衣服眼熟。和来来往往的六中学生穿的校服并不一样，在确定是三中的校服后，她才抬头去看那人的脸，竟意外地发现是熟人。

她本以为沈柯帆要来六中找她只是嘴上说说，毕竟那天他被她骂得直接挂断了电话，还将她拉黑。所以当她看到沈柯帆的那张脸时，有些惊讶，也觉得好笑。

她倒是想看看，沈柯帆找她是要做什么。

沈柯帆的目标的确是她，他那双眼睛在发现她正朝自己走过来的时候便猛地变亮了。但是一瞬间，他就压下眼底的喜悦，故意站得歪歪扭扭。等黄楚言站到他的面前，皱着眉问他来干吗的时候，他扭头环顾四周，说："我恰巧经过，来看看。"

黄楚言笑出声，问："两个学校离这么远，你也能恰好经过啊！"

"不行吗？"

"你来看什么？看到了吗？"

"你管我看什么，总之我不是来看你的。"沈柯帆的话一顿，阴阳怪气地说，"你不会以为我是特地来六中看你的吧？"

黄楚言的眼里带笑，静静地看着沈柯帆用自以为优秀的演技演戏。

她也看出他来干吗了。他不是来找她的麻烦，可能真的只是闲着没事干了，来六中看看她过得怎么样。

被一个蠢货记挂着，虽然不算难受，但也绝不是一件让人舒服的事。

"嗯，我就当你真是经过。"黄楚言朝他笑了一下。

她不经常笑，在这种时候笑，比他刚才那阴阳怪气的模样更有杀伤力。

但路过的人却不这么想。

从黄楚言和沈柯帆身边经过的人,只是看到了他们站在一起,距离不远,而黄楚言还对着眼前的男生笑了。

乔嘉恒的脚步不停,直接从两人身边走过,装作没看见。他也不像其他同学一样对这个三中学生感到好奇,瞥过一眼,就轻飘飘地移开视线,仿佛根本没注意到他们。

不过黄楚言眼尖,乔嘉恒这一米八几的高个子也无法让人轻易忽略。

她看着他的背影,脸上的笑容僵住了。

沈柯帆气急败坏,继续说:"我真是经过!"

"嗯,但是我现在有新的朋友了。"黄楚言突然敞开心扉。

沈柯帆一愣,急得话都说不清楚:"什么?谁啊?六中的学生?"

黄楚言看向那个已经走远的背影,努了努嘴,指向乔嘉恒的方向:"就是那个高个子。"

沈柯帆转身看过去,问:"他很帅吗?还是成绩很好?个子是挺高,但体态看着一般啊……"他絮絮叨叨地点评着乔嘉恒的背影。

"我喜欢和聪明人交朋友。"

黄楚言的话一出口,沈柯帆就再也说不出话了。

第一,黄楚言的眼光比头顶高,他没想到有朝一日她竟然也会主动去和别人交朋友;第二,她说的这句话不只是在告诉他,她已经和别人交朋友了,她还在内涵他不够聪明。

她说她喜欢和聪明人交朋友，但她不承认和他是朋友，所以他在她眼中并不算聪明。

他被拒绝、被羞辱了。

见沈柯帆沉默，偃旗息鼓的模样看起来像是丧家之犬，黄楚言也不想再和他过多纠缠。

她的脑海里都是乔嘉恒刚才越走越远的背影，鼻尖嗅到的也是类似蛋糕的香味，心里痒痒的。于是她对沈柯帆说完最后一句话就离开了。

"你要是恰好经过的话，可以去后面的学生街逛逛，挺多吃的。我有点儿事，先走了。"

沈柯帆站在原地，恼怒得说不出话来。他反应过来后又气自己刚才没反驳她，最后只是看着她跑远。

黄楚言没想到乔嘉恒的脚步这么快，她小跑了一段路，都没看见他的身影。

她到小区楼下的时候，闻到了蛋糕的香气。她加快脚步，低头爬楼梯，这时，她正好收到乔芝琳的消息，问她怎么还没到。

黄楚言一边低头回消息一边爬楼梯，在楼梯拐角不小心撞到了人。

黄楚言往后退了一步，视线往上移，是六中的校服，校卡上的名字是乔嘉恒，最后对上他的眼睛。

楼道里光线微弱，阴冷潮湿。她没看清他的眼神，只记得当时的感受，有点儿冷，露在空气中的皮肤都觉得凉。

"对不起。"

"没事。"乔嘉恒的声音听起来莫名有些远,说完,他拐了一个弯儿,和她擦肩而过。

等他走到一楼,黄楚言才扭头看他,他手里提着垃圾袋,应该是被乔阿姨差遣下楼扔垃圾。

她坐下开始吃蛋糕的时候,乔嘉恒扔完垃圾回来了。

乔芝琳见他径直往房间里走,问:"你不吃蛋糕吗?"

"不了。"他关上门。

黄楚言嘴里的奶油化开,滑腻香甜,她又舀了一大口蛋糕,一边吃一边问乔芝琳:"他不喜欢吃蛋糕吗?"

"挺喜欢的,只是今天不知道怎么回事,他看起来像是心情不好。"

黄楚言猜测他应该是期中考试没考好,刚才在校门口就见他走得飞快,扔垃圾也顶着一张"死鱼"脸,现在连蛋糕都不吃了。他应该是受到重大打击了。

成绩出来后,黄楚言才发现是自己多虑了。

乔嘉恒考得很不错,成绩稳定在年级前三,就和黄建阳同她说的一样。

她转来六中前,黄建阳就整日在她耳边提起他老同学的儿子,同她一样大,选的理科,在六中上学,每次考试都是年级前三。似乎是为了让黄楚言更容易接受乔芝琳和乔嘉恒。黄建阳很喜欢在黄楚言面前夸赞乔嘉恒,说他长得好、学习好、性格还好,是人中翘楚。

黄楚言一开始是毫不在意的,后来听多了乔嘉恒的名字,就向班级里朋友很多的同学打听,结果就像她爸说的那样,乔嘉恒很优秀,优秀到隔壁学校的学生都知道他。

她没见到他时,有些期待碰面,见面后,想和他交朋友。

不过她并不着急,时间还长。

这个春天都还没过去呢。

黄楚言这次成绩也很出众,第一次大考就跃到班级第一、年级前十。她在文科普通班,这次却将文科K班里的很多同学挤下了一个名次。

当班主任宣布成绩的时候,班级里很多同学都扭头看她,像是觉得惊讶,一副对她刮目相看的模样。

黄楚言的神情淡淡的,嘴角噙着浅浅的笑意,腰板挺得很直。她并不怯于面对这些目光,相反,周围人崇拜和仰慕的目光会让她兴奋愉悦。

宣布成绩之后便要调换座位。

她们班的位置是班主任安排的,按照最常见的帮扶制度,安排成绩好的和成绩差的学生坐在一起,直到下一次大考,才有机会再调换。

黄楚言的新同桌是班里最漂亮的女孩儿,叫韩梓昕。

韩梓昕长得最漂亮,却也最聒噪。她的家庭条件好,平时不怎么学习,娱乐时间多,于是什么圈子都涉足一点儿,同学们聊什么话题她都能插上一嘴。

黄楚言就和她当了一下午的同桌,这四个小时里,她在班级里说的话比开学一整个月以来说得都多。

韩梓昕知道她是三中转来的学生,便问了她很多关于三中的事,可惜的是,她都不怎么清楚,但韩梓昕还是不停地问,见实在问不出什么了,韩梓昕又开始问她平时的爱好,问她追不追星,看不看小说。

黄楚言随便搪塞了几句就想结束对话,但韩梓昕一副还没过足嘴瘾的模样,拽着她又想说别的。她想了想,决定也问韩梓昕一些问题。

她对六中也有好奇的人和事。

"你知道乔嘉恒吗?"

"当然,理K班的嘛。"

"他有什么传闻吗?"黄楚言问。

韩梓昕没想到她会这么单刀直入,愣了一下,然后一下子就反应过来,看向黄楚言的眼神里带着揶揄:"你这么关注他?"

黄楚言没承认,也没否认,就是默认的意思。

"不过你问的这个问题,有些难回答。他是我们学校的学霸帅哥,肯定很多人青睐他。不过,他大部分的心思还是放在学习上的。"

说了等于没说,黄楚言这样想。

"有一个高高的女生,长得很漂亮的,好像和他很熟。"她说。

她一说出这件事,韩梓昕就反应过来:"夏礼芸吗?"

黄楚言不知道女孩儿的名字,没回答。

"就是头发长到这里,个子很高,眼睛很大的女生吗?"韩梓昕比画着头发的长度。

黄楚言点头,应该是她了。

"她和乔嘉恒的确挺熟的。他们高一是一个班级的,高二的时候分科了,就没看见他们走在一起了。不过高一那时候有个迎新晚会,他们俩是主持人,看起来特别默契。"

黄楚言大概听懂韩梓昕的意思了。

上课铃声响起,刚才暗下来的天空也应势落下雨来,淅淅沥沥。雨水打在窗台上,溅到黄楚言的手臂上,凉意渐浓。

韩梓昕让她把窗户关上,她留了一道小缝儿,用来通风透气。带着湿气的风拂到黄楚言的脸上,让她更加清醒。

"最近怎么经常下雨啊!"韩梓昕吐槽道。

"春天就这样。"黄楚言说,"春天多雨。"

春天还长。她并不着急。

之后她又通过韩梓昕了解到乔嘉恒在学校里并不是"高岭之花",他甚至热衷于帮助人。和他相处过的同学都对他赞不绝口。男生不会嫉妒他,喜欢和他称兄道弟、女生更是青睐他,喜欢找他帮忙。听韩梓昕说,如果不是特别过分的要求,乔嘉恒基本会答应。

他这样讨人喜欢的性格让黄楚言有些苦恼。

她长这么大,还没和"万人迷"打过交道。

不知是不是因为这几日太过经常问起乔嘉恒的事,黄楚言最近在学校里碰见乔嘉恒的频率也变高了。

就像韩梓昕说的那样,他的人缘很好。不管是去老师办公室还是去小卖部,他的身边都跟着人,他们聊得开心。他的身上好像带着光芒,耀眼夺目。

黄楚言没见过夏礼芸再出现在他的身边,不过这并不代表他和夏礼芸不熟。

周三晚自习放学,她在回去的路上发现乔嘉恒走在她的前面。两人回家走的是同一条路,但她之前习惯放学后在教室里多待半小时,所以回去的时候从没遇见过他。

这回,他身边没人,是一个人走的。他的个子高,迈的步子大,但他走得不快,悠悠闲闲的,黄楚言能轻易跟上。

她和他保持着不近不远的距离,没想过要上前搭话,只是看着他的背影,不紧不慢地走着。

他等红灯,她也停下。绿灯亮了,她就跟上。

她站在楼下,听见201室的门被关上的声音后,才抬脚开始爬楼梯。

周四晚上,她也在相同的时间离开教室。

果然,她又在校门口看见了乔嘉恒,于是继续像昨日那样,不紧不慢地跟在他身后。不过,今天他们的距离比昨天近了一些。

莫名其妙地,她就是多往前走了两步。

她自认为这不算打扰他,她也真没想打扰他,只是觉得跟在他的身后一起回家这件事能让她放松、舒心。

之后的一周,她都在固定的时间走出学校,所以总会比过去早半小时到家。

黄建阳问她最近怎么回来得这么早,她解释说想调整一下作息时间,早点儿起床背背书。

周五晚自习放学后,乔嘉恒走出校门,却没在身后看到熟悉的身影。

他甚至在校门口等了十几分钟,依旧没看见黄楚言。

他早就发现黄楚言这几天放学后总是跟着他回去。一开始他以为她是想和他一起走,毕竟他们住一栋楼,父母的关系也亲密,说不定之后要成为兄妹。但即使他故意放慢脚步等了她好一会儿,她也没一点儿想要上前和他并肩走的意思,甚至像是故意和他保持着距离。她总是慢悠悠地跟着他,戴着耳机,有时候还会和他对上视线,却也当作没看见一样别开眼神。

他这时才发现——哦,她只是想跟着他。

虽然他摸不清楚她这样做的原因,但他也没说什么,只是当作什么都没看见,继续一个人回家。

但在某些时刻,他会莫名觉得自己背上的皮肤被炽热的目光灼烧,很难受,甚至会紧张得同手同脚。

他在校门口站了一会儿,跟好几个来往的同学打了招呼。最后,有个同学问他为什么站在门口,是在等人吗?乔嘉恒这才如梦初醒,恍然说"没有",然后便抬脚离开了。

第二天,乔嘉恒依旧没见到黄楚言。他走到校门口的时候,摸了摸自己的书包,发现自己放在书包口袋侧边的水杯忘带了,于是折返回教学楼。

晚自习已经结束,大部分同学都已经回家,留下的同学也在安静地自习。班级前的走廊静悄悄的。橙黄色路灯的光芒落在不算干净的瓷砖上,反射出幽暗的柔光。整栋教学楼像是在沉睡。

他爬上三楼,拿完水杯,下楼走到二楼的时候,他的脚步一顿。犹豫了两秒,他朝文科班级的位置走了过去,然后在黄楚言所在的班级后门停下。

轻悄悄地,他没发出一点儿动静,只扫了一眼就找到她的身影。

她穿着长袖校服,马尾绑得高高的,低头在桌上认真地做题呢。

她正在学习,很正常地学习。

意识到这点的时候,乔嘉恒倏然发现自己的猜测太过于荒唐。

他以为她突然不跟着他一起回去是因为出了什么事——被老师叫去帮忙,被同学缠住或者是身体不舒服……但她只是在做自己应该做的事。

他还没意识到,就只是这么过了一周,他就已经将"和她一起放学回家"这件事当作两人的一种无声的契约和对对方的承诺。

他忘了她根本就没和他约定过,甚至根本没和他说过话。她什么都没做,却悄无声息地入侵了他的生活,就像拂过的一阵风，吹完了就走。他这片湖的涟漪却怎么都停不下来了。

习惯是一件很可怕的事。

一开始明明是例外，可是例外的事做多了，就变成了平常的事。若是突然又成了"例外"，便会让人察觉到不寻常的空虚感。

乔嘉恒压下心头怪异的情绪，转头快速离开黄楚言的班级，甚至走得比过去都要快一些。

他到家的时候，乔芝琳问他怎么流这么多汗。

乔嘉恒伸手摸自己的脑门，手掌一片湿润："今天天气热一些。"

"我去洗澡了。"乔嘉恒放下书包后就进了浴室。

晚自习结束半小时后，黄楚言才起身收拾东西。回到家后，她被黄建阳询问这两天怎么又晚了半小时回来。

黄楚言想起之前用来搪塞她爸的理由，于是按着那个理由又编了一个新的："我试着调整了一下，感觉还是以前那样好点儿。"

黄建阳留下一句"回来的时候注意安全"，便没再多说什么。

黄楚言进了屋，心里想着自己晚回半小时的真正原因，就是突然不想跟着乔嘉恒了。就这么简单。

昨天晚自习的时候，她发现自己来月经了，于是心情变得烦躁。周围的一点儿风吹草动都会让她蹙眉。

下课铃声响起，她却一点儿也不想动。

韩梓昕问她怎么不走。她费力地扯出一个笑容，说："我再等等吧。"

她身体难受，没有精力也没有心情再去和其他人周旋，就算那个人是乔嘉恒。

今天她的身体舒服一点儿了，但依旧没力气，一整天精神都是恹恹的，心情低落，看见人就烦。她更希望自己一个人安静地待着。

她的脾气就是这样古怪，说是随心所欲、喜怒无常也很贴切。

在黄楚言从他身后消失的第四天，乔嘉恒发现自己的身后又长出了尾巴。和之前一样，她戴着耳机，在他的身后不近不远地跟着。

他的胸口莫名聚着一股气，堵得他难受。

他装作没看见她，故意走得飞快，比之前都快些。其实这是他一个人回家时的速度，当初他发现黄楚言跟在自己的身后，才刻意放慢了脚步，让她能够轻易跟上。

他走得很快，一下就如愿甩掉了身后的人。

快到小区门口的时候，他停下脚步，回头看，以为看不到她。但是不过几分钟，她就出现在他的视野里。

乔嘉恒和她对上视线。莫名地，他没动，只是看着她一步步走到自己的面前。

她不紧不慢地摘下耳机，看着他问："你的速度怎么突然慢下来了？"像是知道他刚才是在故意加快速度走路。

乔嘉恒站在原地，就在黄楚言要和他擦肩而过的时候，他说："我一直都是这个速度。"

其实他想说，他想快就快，想慢就慢，就像她想跟就跟，不想跟就不跟。黄楚言却越过他，往前走去。

乔嘉恒看着她渐远的背影，倏然意识到，他们像是在玩一场追逐游戏。之前是他在前面走，现在轮到她在他的前面走了。

很快到了周末，乔嘉恒上午约了朋友一起出去玩儿。下午回家前，他去小区附近的便利店买水喝，走出便利店的时候，发现小区门口站着一个意料之外的人，但细想，其实也算不上奇怪。

那个人不自然地看了乔嘉恒一眼，然后低头玩手机。他站得歪歪扭扭，姿态有些尴尬。

乔嘉恒只看了他一眼就收回眼神，仰着头喝水，从他身边掠过。

还没进家门，乔嘉恒就在楼道里闻见甜腻的味道。他猜测他妈又在做甜品了。他推开门，香味更加浓郁。他看向厨房，发现黄楚言也在厨房里。她穿着围裙，似乎是在帮忙。

听到他回来的声音，乔芝琳和黄楚言都回头看过来。

黄楚言只是瞥了他一眼，就又扭过头继续做手上的事。

乔芝琳开口："你回来啦，洗个澡，等会儿吃焦糖海盐蛋糕。"

乔嘉恒放下包，发现客厅的桌上放着一部不属于他妈的手机。很明显，这是黄楚言的。

此刻，这部手机不停地振动，屏幕也一闪一闪的。

乔嘉恒想，有人给黄楚言发消息。但是她现在在厨房，根本不知道她的朋友就在小区门口等她。他想了两秒，还是决定多管闲事。

趁乔芝琳走出厨房的时候，他挤进厨房洗手。黄楚言就站在他身边，他低头就能看见她头顶的旋儿。

她正认真地往蛋糕上涂抹奶油。

等她将蛋糕面铺平之后，他开口说："你的朋友在小区门口。是找你的？"

女孩儿先是动作一顿，然后才抬头看他，皱着眉问："是吗？我朋友？"

"是，你朋友。"乔嘉恒回答。

站在小区门口的人就是那天来学校门口找黄楚言的三中学生。乔嘉恒的记性很好，不可能认错。

黄楚言依旧皱着眉。

乔嘉恒担心她误会自己去调查她的朋友，然后被当成是一个变态，于是解释道："上次我在校门口看见你和他了。"

黄楚言这才反应过来乔嘉恒说的人是沈柯帆，她挑着眉，拉长音节："哦……我朋友啊。"她问，"你说在哪里看见他？"

"小区门口。"

黄楚言点点头表示知道了，然后脱下围裙，抓起手机，出门了。

乔嘉恒的心被她关门的声响震到了。

这时，乔芝琳走过来，问怎么了。

乔嘉恒嘟囔："她关门的声音怎么这么大？"

乔芝琳笑着反问："大吗？还好吧。"

黄楚言拿起手机看，她爸刚才给她发了几条消息，说是晚上加班，可能会晚一些回来，让她到乔阿姨家里吃完晚饭后直接回家休息，不用等他回家。

黄楚言一边走一边回复。成功发送信息的时候，她正好已经走到小区门口。

乔嘉恒没有骗她，站在不远处的人就是沈柯帆。

她皱着眉，朝他走过去。

沈柯帆也看到了她，不过沈柯帆脸上的表情看起来比她还要奇怪。

还不等黄楚言说话，沈柯帆就举起双手，说："这回我真不是跟踪你，是凑巧经过！"

黄楚言不耐烦地看着他，似乎觉得他的话不可信："你是怎么知道我住这里的？"

"我都说了，真是凑巧。我刚才就是经过，看到你……那个新朋友在便利店里买东西，就停下来多看了他两眼，刚想走呢，你就出来了。"沈柯帆解释。

黄楚言盯着他看，思索着他说的这些话的真实性，最后决定相信。因为以沈柯帆的脑子，这么短的时间里他编不出这么有逻辑的谎话。

"那真的有点儿巧。"

准确点儿来说,应该是沈柯帆和乔嘉恒有缘。

沈柯帆见她相信了,眉头都松了,不过下一秒,他又紧张起来,问黄楚言:"不是,你们住一起啊?怎么从一个地方出来啊?"

黄楚言不想让沈柯帆知道她和乔嘉恒更深一层的关系,否认道:"没有,我们就是刚好住一个小区。近水楼台先得月,你听过没?"

"你别跟我说这些。"沈柯帆摆摆手表示不想听。片刻之后他又问,"那你们现在是什么关系?"

"朋友,但不是特别熟。"黄楚言轻飘飘地说。

沈柯帆听到这句话,咬牙切齿道:"我说真的,他没什么好的,长得柔柔弱弱的,哪里好看了?聪明,聪明能当饭吃吗?"

他嘴笨,说不出什么道理,车轱辘话来回说,就是想劝说黄楚言,毕竟他还想和黄楚言做朋友。她转学后,他好不容易联系上她,却被她无故臭骂一顿。他在她身上栽了太多跟头,自然见不得她这么顺利。但是黄楚言很聪明,他根本就斗不过她。

他讲得口都干了,黄楚言才终于将视线从手机屏幕上挪开。抬眼看向他,说:"你回去吃饭吧,晚饭时间到了。"她补充道,"我要回去吃饭了。"

沈柯帆这次听懂了,她让他回去吃饭,不是担心他饿,只是因为她要回去吃饭了。

黄楚言回到201室的时候,发现桌上已经多了两盘菜。

乔芝琳做菜又好又快，现在正在厨房里忙活着第三道菜。而乔嘉恒则是穿上了黄楚言刚才脱下的围裙，在水池边洗菜。

听见她回来的声音，乔芝琳让她洗洗手准备吃饭。

乔嘉恒则是回头看了她一眼。

不知为何，他突然戴起眼镜，镜片后那双细长的眼睛看向她的时候没带任何情绪。他扭过头，继续做手上的事。

黄楚言盯着他的宽肩打量了几秒，咂了咂嘴就去洗手准备吃饭了。

没过几天，黄楚言和几个女同学被班主任喊去参加年级里的诗朗诵活动。

黄楚言个子高，长得好，从小学到高中，一有抛头露面的活动，老师总会把她抓过去充数撑场面。

这个活动也是。这是一个为了弘扬传统文化的诗朗诵活动。有朗诵的主角，她和剩下的同学只是站在后排给主角们做背景的，甚至不用做动作，只需要穿上相同的服装，跟着一起背诵诗歌就行。

黄楚言到了彩排现场才发现诗朗诵的主角是上次她在楼上看见的夏礼芸。

韩梓昕见她盯着夏礼芸看，想起什么，对她挑挑眉毛，然后说："你看着，我帮你直接问清楚。"

"问清楚什……"黄楚言的话还没说完，就被韩梓昕拉着朝夏礼芸走了过去。

夏礼芸被几个女生围在中间，表情生动，一颦一笑都很吸引人，让人在不知不觉中心生好感。

她们凑过去的时候，女生们正好在聊一些关于感情的八卦问题。

韩梓昕走上前，也不管自己和夏礼芸不怎么熟，直接问她："我听说你和乔嘉恒是很好的朋友，是真的吗？"

夏礼芸一下愣住了，表情尴尬，耳郭迅速红了："你胡说什么。"

"啊……可是你们看起来关系很好。"韩梓昕继续说。

其他女生虽然觉得韩梓昕这个问题问得太过唐突，有点儿冒犯，但也没抵住自己的好奇心，没有多加阻挠，几双眼睛就盯着夏礼芸，等着她的回答。

"我们高一的时候是同班同学，他人很好，但我跟他只是普通朋友。"夏礼芸依旧否认。

黄楚言盯着夏礼芸的脸看，相信她没撒谎。她松了一口气。

夏礼芸说："现在要紧的是学习。"

有一个女孩儿听出夏礼芸的言外之意："毕业后，学习就不要紧了。"

夏礼芸娇嗔地斥责她胡说。

几个女生暧昧地笑作一团，直到老师来了，她们才散开。

女孩儿们在的地方空气都是香的。她们一边打闹一边排练，轻轻松松就将任务完成，最后展示成果的时候也很顺利。

回去之后，黄楚言已经记不清背的那首诗是什么内容了，只觉得那时候吸入肺中的空气都似乎比以往轻盈。

　　几天后的周末，乔嘉恒被同学喊出去玩桌游。在一个新开的桌游体验厅，是那种开放式的复合社交空间。里面有游戏机，有台球桌，还有各种各样的桌游游戏桌。

　　这家店刚开业，活动力度很足，来光顾的客人也多，大多数是附近学校的男高中生和男大学生。

　　男生之间没什么界限，和隔壁桌的人对视上后，喊一句："要一起玩吗？"然后就能将两张桌子拼起来。

　　于是，莫名其妙地，乔嘉恒的对面又出现了前几日他在小区楼下碰见的黄楚言的朋友。

　　乔嘉恒想，还真是莫名有缘。天天在家能瞧见黄楚言就算了，现在出来玩也能三番两次碰见她的朋友。

　　他本以为她朋友不认识他，却没想到她的朋友朝他看过来的眼神里藏着明显的敌意。

　　沈柯帆也觉得自己倒霉，他开开心心地出来玩，却碰见倒胃口的人。

　　他一想起黄楚言和自己断交后和乔嘉恒的关系亲近了起来，便气不打一处来，忍不住用眼神剜他。

　　乔嘉恒身边的朋友和沈柯帆周围的同学聊起来，知道对方分别是三中、六中的学生后，笑着说一起玩一盘，顺便可以交个朋友。

　　于是他们一一自我介绍。

乔嘉恒记住了黄楚言的朋友叫沈柯帆。

沈柯帆记住了黄楚言喜欢的、聪明的好朋友叫乔嘉恒。

他们玩的是益智类的桌游。选队的时候，沈柯帆故意选了一个和乔嘉恒敌对的队伍，明着暗着就是要和他较劲，不管输赢，他只是想给乔嘉恒使绊子。

但是很遗憾，就像黄楚言说的，乔嘉恒很聪明，每次都能化解他的攻击，轻松带着队伍取得胜利。

沈柯帆再笨也能看出来，乔嘉恒不仅在游戏队伍中是主心骨，他在他那群朋友中也是能够呼风唤雨的角色。

一个多小时玩下来，沈柯帆从一开始的不服气，到中途的筋疲力尽，最后变成无奈地接受——他是比乔嘉恒笨。

乔嘉恒的确又帅又聪明，周身散发出来的自信，很轻易就能吸引周围人的目光。他仿佛天之骄子一样让人不自觉地顶礼膜拜。

沈柯帆发现乔嘉恒和黄楚言很像。黄楚言也是这样的人，优秀出众，单单是站在那里，就能让人挪不开眼睛。

他当初就是被这样的黄楚言吸引的。她什么都没做，他就看见了她。她给他送水的时候，他的心脏都差点儿跳出来。

又玩了几盘游戏后，乔嘉恒开始觉得无趣了，转头去台球桌打台球。

沈柯帆坐在沙发上看着他的背影，情绪复杂。

他承认自己不如乔嘉恒了，却也不甘心就这样眼睁睁地看着黄楚言和乔嘉恒的关系和和睦睦的。

043

他最清楚黄楚言的魅力，他就是这样被吸引的。

说他嫉妒也行，说他怜悯乔嘉恒也行。他就是不希望黄楚言和乔嘉恒变成好朋友，不想让眼前的天之骄子最后变得和他一样狼狈不堪。

于是沈柯帆走上前，走到乔嘉恒的身边，对他说了一句话："黄楚言不是你想象中的那样。"

这话乍一听没头没脑，但乔嘉恒和他都听得懂。

乔嘉恒擦杆的动作一顿，但也只是一瞬间，他就继续手上的动作，慢条斯理的，折磨得沈柯帆的手掌都要出汗了。

乔嘉恒过了一会儿才看向沈柯帆，细长的眼睛里带着笑意，语气也轻盈，他问："你怎么知道我想象中的她是什么样的？"

沈柯帆本是好心来提醒乔嘉恒的，可被他这么一反问，他竟有一种自己不如乔嘉恒了解黄楚言的错觉。

乔嘉恒的神情过于深不可测，沈柯帆一瞬间摸不准他是什么意思。

但很快，他就找回思绪，猜想乔嘉恒只是外表唬人。乔嘉恒和黄楚言最多认识了几个月，哪里有他和黄楚言的交情深。

"我是来提醒你的。"沈柯帆压低声音。

"提醒我什么？"乔嘉恒脸上的笑意更加明显。

沈柯帆被他这副模样气到，但还是咬咬牙继续把话说下去："哥们，你别不信，黄楚言没你想象中那么简单。"

"简单……"乔嘉恒咀嚼着沈柯帆说的这个词语，像是在思考。

"你看她长得漂亮，话还少，是不是觉得她是一个三好学生？她根本就不是！她特别会耍人。"沈柯帆大倒苦水，将自己的遭遇悉数吐出，说："她可以在今天关心我脚伤好了没，明天就对我视若无睹。她一会儿跟我聊得火热，一会儿就跟我玩消失。她还跟我说，我和她聊的那些根本就不算什么，她和我都算不上朋友。"

沈柯帆喘了一口气，用一句话总结："她如果不是坏，就是没有心。"

沈柯帆说的这些话蕴含着极大的信息量。

乔嘉恒只是安静地听着，一声不吭，像是在消化他的话。

沈柯帆以为他是被自己的话吓到了，惊恐于黄楚言的恶劣与表里不一，所以迟迟没反应，却没想到他早就知道黄楚言善于伪装。乔嘉恒沉默，只是因为得知了沈柯帆和黄楚言并不是朋友这件事。

黄楚言是在撒谎。

他想起那个雨天，她为了和自己较劲，硬是在台风天出门见她那不存在的朋友。

她对自己够狠，将自尊心保护得完美。

"你说得有道理。"乔嘉恒附和着沈柯帆，说完，他将杆子一摆，准备打球。

沈柯帆一愣，说："你不惊讶吗？你就这么接受了？"

"是挺惊讶的。"乔嘉恒重新放下杆子，看向沈柯帆，"但黄楚言是一个恶劣且表里不一的人，和我有什么关系吗？"

沈柯帆莫名有些结巴："你……她没对你细心关怀，嘘寒问暖吗？"

"你为什么会这么问？"

"因为她都是这样开始的，她没这样靠近你吗？"

乔嘉恒微微颔首，移开目光，声音都变轻了，像是随口问道："她跟你说，她想和我做朋友？"

"对啊，她还说了一些文绉绉的话，什么近水楼台先得月。"沈柯帆毫无防备地说出口，没注意到乔嘉恒的动作微微一顿。

"哥们，我就是怕你被她耍了，黄楚言是很有手段的。"

"我知道了，我会注意的。"

"你可千万别被她迷惑了，下场很惨的。"

乔嘉恒想了想，反问沈柯帆："哦，对，你刚才是说她之前只是在耍你，和你甚至不是朋友？"

"我们在手机上聊了好长一段时间。也是她先给我信号的，无端端地在操场上给我送水。但是之后突然就不回我消息了，还没跟我说转学的事！"

乔嘉恒点头表示知道了："你是有点儿惨。"

"哥们，别这么说我，是她坏。"沈柯帆忌讳别人说他惨。

"嗯，她是有点儿坏。"乔嘉恒附和。

沈柯帆见乔嘉恒已经提高警惕，以为自己已经达到了目的，便满意地离开了。

见他已经走开，朋友凑到乔嘉恒的身边，问："黄楚言是谁？"

他是乔嘉恒很好的朋友，很了解乔嘉恒的生活状况，知道他是单亲家庭，甚至清楚最近他妈和之前的高中同学好上了。因此，乔嘉恒即将多个妹妹。

但他不知道那个妹妹叫什么，也不知道这妹妹就在他们学校里。

乔嘉恒很少对这个朋友说谎。可是此刻，他却鬼使神差没说黄楚言是即将成为自己妹妹的人。

他说："学校的同学。"

朋友没再多说什么，因为学校里想和乔嘉恒做朋友的人实在是太多了，他便没多问。

之后，在游戏桌上，沈柯帆发现乔嘉恒对他十分和善。乔嘉恒不再针对他，有时候会故意放他一马，甚至还会偷偷告诉他应该走哪一步，出哪张牌。

沈柯帆把乔嘉恒对他突然展示的善意归结于他们已经站在同一条战线上，这是战友对他的惺惺相惜之情。

殊不知，乔嘉恒只是单纯觉得他笨，不忍心让他输得太难看。

后半场，乔嘉恒的心情似乎不错，脸上的表情都多了起来。人的情绪一旦高了，气势便会增强，于是乔嘉恒赢得更加轻松，几乎掌控全场。

散场的时候，沈柯帆对乔嘉恒的态度已经从一开始的不屑一顾变成了钦佩和仰慕。

"哥们，你真的挺厉害的。"他由衷感叹。

乔嘉恒靠在墙边，笑着看向他，说："什么意思？"

"就是有魅力嘛。"沈柯帆的态度不知不觉变得殷勤。

"谢了。"乔嘉恒拍了拍沈柯帆的肩膀，离开前对他说了一句话，"幸亏你没和她多纠缠。"

否则，以他这种性格和智商，应该会被黄楚言欺负得很惨。

Chapter 03 / 主动

最近，黄楚言和乔芝琳的关系突飞猛进。

黄楚言很爱吃乔芝琳做的蛋糕。最初她还需要乔嘉恒去楼上邀请才会下来，最近却总是自己闻着味道上门。

一开始她只是吃蛋糕，后来便开始吃水果……如今都不需要问，乔芝琳都会直接做四人份的饭菜量。

乔嘉恒从桌游厅回到家，站在门口，还没进去，就听见了黄楚言和他妈的谈话声。

黄楚言问他妈，他去哪里了。

他妈说："出去玩了，他平时挺贪玩的。"

黄楚言没再说话。

乔嘉恒在门口等了几分钟，才开门进屋。

他一进去就看见两人坐在客厅的沙发上看电视，氛围和谐轻松。

见他回来，黄楚言收回搭在小板凳上的脚丫，表情不大自然，但也不拘谨。

乔芝琳和他说了一句话,便又将注意力集中在电视机上。

乔嘉恒回到房间里,开始做自己的事。过了一会儿,门外电视机的声音停了,他听见黄楚言告别的声音,接着,是他们家的门被关上的声响。

他出了卧室,果然只看见乔芝琳一个人坐在沙发上。不过黄楚言走了,她似乎也没什么兴致再看下去,讪讪地起身,就要关了电视机。

"黄……楚言呢?"乔嘉恒问。

"说是上楼写作业了,等会儿到点吃饭会自己下来。"乔芝琳关了电视,转身去厨房。

傍晚,乔芝琳招呼着乔嘉恒出来吃饭。但从房间里出来的儿子直接往门口走去,她着急地喊住他,问他去干吗?

乔嘉恒说:"我去叫她。"说完,他就开门出去了。

乔芝琳站在原地,嘀咕:"她不是说会自己下来,而且用手机打电话不就行了,你怎么还特地跑上去?"

黄楚言特地开着房间的窗户,为的就是能够第一时间闻到饭菜的香味,然后下楼吃饭。

当她开门准备下楼的时候,正好和往楼上走的乔嘉恒撞见了。

她一愣,关上房门,问:"叫我下去吃饭吗?"

乔嘉恒站在黑暗中,轻轻地"嗯"了一声。

"我知道了。"

她站在四楼,看向和她离了几个台阶的乔嘉恒。但乔嘉恒并没有转身下楼,像是有话要对她说。她皱了皱鼻子,往下面走,当她和他要擦肩而过的时候,顿了一下,她问:"怎么了?"

乔嘉恒跟在她的身后,像一条尾巴。

"没事。就是我今天在桌游馆打桌游的时候,碰见你的朋友了。"

黄楚言一愣,还没来得及说话,又听见乔嘉恒说:"沈柯帆。"

他连对方的名字都知道了。

黄楚言放慢脚步,继续往前走,声音低低的:"哦……嗯……然后呢?"

"我们聊了两句,他说,你说和他甚至算不上朋友,还说你耍他。"

乔嘉恒停下脚步,前面的黄楚言也停了下来。

黑暗中,两人之间似乎牵扯着一根线,一人停,一人就跟着停。

女孩儿在原地站了一会儿,才扭头看向他,她的眸子在昏暗的楼道中依旧明亮,眼里带着一点儿笑意:"我前几天也碰见夏礼芸了。她说,她和你只是普通同学。"

两人对视着,气势相当,谁都不让着谁。

乔嘉恒的喉咙痒痒的,最后是他先忍不住了,说:"对,我和她只是同学而已。"

黄楚言说:"那你骗我。"

乔嘉恒说:"你不也是。"

黄楚言耸了耸肩膀,说:"那两清。"

乔嘉恒说："行。"

黄楚言转身下楼的时候，无奈地摇了摇头，脸上却不自觉浮现出笑容。折腾了这么久，他才肯说真话，他们才坦诚。不过和他较劲互相试探的这段日子，的确挺有意思。

她果然还是喜欢聪明人。

棋逢对手的体验让她很兴奋。

乔嘉恒过了一会儿才回过神来，他跟着她下楼。走到楼道的中间平台时，他恰好抬头看见天边的月亮。

今天的月亮很圆很亮，还特别大。

他突然想起沈柯帆说的那句话，近水楼台先得月。

什么意思……他是她想要得到的月亮吗？

可是眼前这样冷漠矜持的黄楚言真的会说出这样的话吗？她会用什么样的神情说出这样的话呢？

乔嘉恒的思绪在黑暗中胡乱发散着。

黄楚言进屋后一会儿，乔嘉恒才跟着进来。

桌上已经摆好了饭菜，黄楚言进厨房帮乔芝琳端饭盛汤，乔嘉恒摆放碗筷，分工明确。准备好一切后，三人在餐桌边上坐下。

乔芝琳突然问起黄建阳。

黄楚言说："他刚才给我发消息，说今晚单位有事，让我们不用给他留饭了。"

乔芝琳嘀咕："我在手机上问了，他怎么没回我？"

黄楚言说："可能是太忙了吧。"

桌上，三人吃饭依旧安静，黄楚言的对面坐着乔嘉恒。

进门后，两人就没说过话，眼神却接触好几次，短短一瞬间后就分开。黄楚言偏偏觉得有趣，好几次都故意往乔嘉恒的方向瞟，视线碰上后又悠悠转开，像是不觉得有任何不妥。

乔嘉恒一开始慌张，顿了一下才继续动作。他还偷看了一眼自己的母亲，担心她发现他们之间的异样。但乔芝琳吃饭安分，才不会像他们一样一双眼睛胡乱瞟。

对黄楚言来说，这顿饭是边吃边玩的，一边逗乔嘉恒一边吃饭，时间过得很快。

乔嘉恒第一个放下筷子，说自己吃饱了。他把碗筷拿去厨房里后，就走向客厅，坐在沙发上看晚间新闻。

乔嘉恒很少待在客厅里，平时他不是躲在房间里玩游戏，就是出门和朋友玩。

今天他有些反常。

十分钟后，黄楚言从餐厅挪到客厅，尝试着和他一起看晚间新闻，但她对这实在没兴趣，没一会儿就开始低头摆弄自己的手机了。

几分钟后，她抬起头，问神情看起来很认真的乔嘉恒："你喜欢看新闻？"

乔嘉恒稍微转了转自己的脖子，并没有看她，依旧盯着电视，说："偶尔看。"

客厅的大灯没打开，屏幕的光亮在他的脸上迅速地变换着，将他的五官照得清晰。黄楚言盯着他直挺的鼻梁出神了一会儿。

他的鼻尖圆润小巧，显得侧脸更加精致。

乔嘉恒被黄楚言盯得几乎要出汗了，挺直腰背坐着很累，维持脑袋不晃动也很累，装作没发现她直白的眼神最累。

就在他要投降的时候，他听见黄楚言说："无趣。"

这不是一个褒义词。乔嘉恒的第一反应是这个。

他看向黄楚言，发现女孩儿脸上是调侃取笑的神情。她的眼睛微弯，生动漂亮，却不怀好意。

乔嘉恒想起沈柯帆说的话，她不是坏，就是没有心。

她现在就是在使坏。

"那你平时看什么？"他问。

黄楚言似乎没想到他会反问，一瞬间没想到回答的话。她抿了抿嘴唇，才说："我不是说新闻无趣，是说你无趣。"

乔嘉恒的眼睛盯住她，问："怎么才算有趣？"

黄楚言的喉咙被烧得有些干，差点儿找不到游刃有余的姿态，最后，她只是用一句"我不知道"来应付他。

两个聪明人说着笨蛋都觉得幼稚没意义的话，但他们并没察觉到奇怪，只是陷在这样无厘头的对话中。

他们还没意识到青春期的仰慕，就是毫无理由的惹怒，是想要吸引你的注意力，是尴尬的对话和没有正确答案的问题。

晚上，黄建阳到家的时候，黄楚言正好洗完澡从厕所里出来。她见父亲一副疲惫的样子，她问候了两句就要进屋。

黄建阳却拦住她，在她身后问："期中考试你考得怎么样？"

黄楚言忘记和他报备成绩了。细想一下，也不是忘了，只是他不问，她也没找到机会和他说。

"班级第一，年级前十。老师私底下和我说，如果期末考试也能保持住这个成绩，下学期去文科K班没问题。"

黄建阳的脸上终于多了一丝笑意，他说："好，继续保持。"

黄楚言又要进屋。

"你最近和乔阿姨相处得不错？"这是一个问句。

黄楚言想起这段时间吃进肚子里的甜品蛋糕，点头说："是的。"

黄建阳的表情更加柔和了。

黄楚言看着父亲，话在喉头处哽了一会儿，她还是说了出来："今天舅舅给我发消息，说他们今年暑假会回来，让我去他们那里玩一段时间。"

父亲的表情僵了一下，说："你妈怎么说的？"

黄楚言想起妈妈给她发的消息，平静地复述："她让我去，说她想我了。"

父亲轻哧一声，说："她想你了不来见你啊？"

黄楚言闭了闭眼睛，没说话。

空气一下安静下来，又是黄建阳先开口，他试探地问黄楚言："要不别去了？"

"我想去。"黄楚言毫不犹豫地说。

黄建阳一愣，说："那你就去吧。"他的声音略显沙哑，是无奈的妥协。

055

黄楚言"嗯"了一声后，转身进了卧室。

黄建阳看着那扇关上的门，出神了一会儿。

他这辈子最拿得出手的头衔，应该就是"黄楚言的父亲"。对于她，他从来不需要操心，她什么都做得很好，挑不出错来。乖巧，聪明，就是有时候过于冷漠。他知道，这是正常的，单亲家庭的孩子或多或少都会有这样的"毛病"，但是他不知道如何做，也没能力去改变。

他是最普通的父亲，不苟言笑、不善言辞。他们再怎么相依为命，也会觉得隔着一层有厚度的塑料膜，看得见、碰得到，却不能感受到彼此的温度。

乔嘉恒还在因为黄楚言说的"无趣"而耿耿于怀。

他从没审视过自己的性格，但从周围人给他的回应来看，他绝对算不上没魅力的那一种人。他走到哪里被捧到哪里。从小到大，他收到的反馈都是他很优秀。虽然他一直都被教育要谦虚、要多多反省，但他也知道自己应该是讨人喜欢的。

从来没人说过他无趣，黄楚言是第一个。

他纠结烦恼的时候，问了自己的朋友。

"我无趣吗？"

朋友问："有人说你无趣吗？"

"嗯。"

"女孩儿吗？"

"嗯。"

朋友立刻回复:"哎,你放心,这只是她为了吸引你注意力的一种手段,你懂吧?大家都夸你,她损你,就是因为想要吸引你的注意力。"

乔嘉恒觉得他这朋友说得太过夸张,却又在细细品味朋友这番话。等回过神来,他发现自己这种从朋友这里求取安慰的做法很是幼稚,他从这段自大狂妄的话中得到慰藉的行为更是离谱。

他随意换了话题,任朋友再问对方是谁,他都不再回复。

他又想起沈柯帆说的话,黄楚言说她想和他做朋友。

她交朋友的方式就是这样吗?损他,和他拌嘴?

哪有这样交朋友的?这样哪里交得到朋友?

上次黄楚言脑子一热说乔嘉恒无趣,他不甘示弱反问她,最后闹得并不算愉快。之后两人在学校里碰见了也当没看见,更加漠视对方。

对于眼前这种情况,黄楚言并不紧张和担忧,相反,她甚至觉得相当有趣。她会故意往他跟前凑,刻意出现在他的眼前,再和装作没看见自己的乔嘉恒擦肩而过。

她觉得乔嘉恒冷着脸的时候最帅气。

这几日天气突然变冷,黄楚言从衣柜里翻找出厚外套穿上。早上去上学的时候,风吹在脸上都凉飕飕的,而这阵寒意从清晨一直延续到夜晚,所以这几天她没那么勤快再去当乔嘉恒的尾巴了。

周六最后一节课的下课铃打响,没一会儿,学生们乌泱泱地挤出学校。

黄楚言磨磨蹭蹭地走出了班级,走到操场。当她看到不远处熟悉的背影时,弯了弯唇角。她发誓这次真是巧合,是他自己出现在她面前的。

学校里已经没什么学生了,校门口冷冷清清。保安坐在保安室里,缩着脖子看他俩一前一后走出校门。

这次黄楚言距离他很远,她并不想让他发现她的存在。

乔嘉恒和从前一样,悠悠闲闲地往前走着,不回头,也几乎不扭头。

黄楚言跟着他走了半天,只能看见他的后脑勺。

风一阵阵刮过来,她将手揣进口袋里,吸了吸鼻子,想着待会儿回去要蒸一个豆沙包吃。人被冻狠了,嗅觉也不灵敏了,等前面的人停在一个小摊前,她才闻到空气中的香甜气息。

这种气味轻易就勾起她的记忆。应该是小学……或者是更早的时候,她妈也买过几次路边的小蛋糕给她吃。想起过去的事,她的思绪一下变得混乱。她没再走近,就站在路边的树下等乔嘉恒。

乔嘉恒站在小摊的推车前,跟摊主说了几句话,然后掏出手机付钱。

摊主将黄色的蛋液倒进模具里,几分钟后翻个面,最后数着时间,将上下合紧的模具打开。

打开模具的那一瞬间,黄楚言看见不远处的空气中多了一股白色的雾气，带着香味，钻进她的鼻子里。

一直笔直站着的乔嘉恒接过摊主递过来的袋子。

就在黄楚言以为他要继续往前走的时候，他突然转过身，毫不费力地就捕捉到她的方位。

他看向她。她一下就站直了，看着他一步步朝自己走过来。

他花了十几秒就走到她的跟前。短时间内，她的脑中闪过很多想法。

他原来知道自己在他后面。他是什么时候知道的？他为什么朝她走过来？他忘了她说他无趣的事了吗？他不记仇了吗？

直到乔嘉恒站在她的跟前，她才稍微回过神来。

她正想问他怎么了，他却直接将手中那个刚从摊主手中接过的装着小蛋糕的塑料袋子递给她。

黄楚言先是低头看了看内壁已经结了水珠的塑料袋，然后再抬头看面无表情的乔嘉恒。她想问他这是做什么，但手却比嘴巴动得更快。

她的手从外套口袋里伸了出来，接过他手中的蛋糕。

小蛋糕刚出炉，还是热乎乎的，散发着甜腻的气味。

不知道乔嘉恒买了多少蛋糕，黄楚言甚至觉得有些握不住。她的掌心被温热填满。

她低头翻开袋子看，是梅花状的小蛋糕。蛋糕自带的热气涌了上来，她的眼眶被蒸得暖暖的、湿湿的。

她再抬头看向乔嘉恒，说："谢谢。"黄楚言朝他眨了眨眼睛，露出一点儿笑。

059

男孩儿看着她湿漉漉的眼睛，不自然地抿了抿嘴角，他说："不客气。"

黄楚言从袋子里挑出一朵最漂亮的梅花蛋糕吃。她边吃边往前走，在察觉到乔嘉恒还站在原地时，她扭头看他，问："你不回家吗？"

两人并肩走在熟悉的路上。步履同步，却一句话没说。

乔嘉恒装作目不斜视，余光却看到黄楚言往嘴里塞小蛋糕，一个接着一个，将腮帮子都填得鼓鼓的。

什么时候，他和她变成了可以并肩一起回家的同伴了？

他也不知道事情怎么就发展到现在这个局面了。最近发生在他身上的怪事实在是太多了，莫名其妙就做了，回过神来，他甚至不知道当时的自己是怎么想的。就比如，刚才他停下脚步买梅花小蛋糕给黄楚言吃，脑子里想的竟然是，像他这样对人好才是交朋友的正确方式吧？

两人走到楼下的时候，黄楚言正好将一整袋小蛋糕都吃完，手指和嘴唇都被油润得亮亮的。她吸了吸鼻子，一副餍足的模样，然后扭头看他，再一次道谢："谢谢，下次我也请你吃。"

乔嘉恒的眼睛眨了眨，微微蹙了眉。

黄楚言又问："你喜欢吃什么？"

乔嘉恒顿了一下，说："你自己想。"

似乎是因为太久没说话，他的声音干涩到有些嘶哑。

这下轮到黄楚言愣住了。

男孩儿并不觉得自己说的话有什么不妥，脸上的表情也没什么变化，他依旧那样静静地看着她。

黄楚言盯着他看，像在想些什么，但是最后她并没有提出什么异议，眼里晕开一丝促狭的笑意，她说："好。"

说完，她打了一下他的手臂，收回手的时候，不经意地擦过他垂在身侧的手。她的动作连贯，似乎一点儿都没察觉到，说："上楼吧。"

乔嘉恒"嗯"了一声，却没有立刻抬脚。直到黄楚言已经爬了几级台阶，他才回过神，抬脚准备跟上。

这时，突然吹过一股冷风，湿润的手心变得冰凉，他陡然一下清醒过来，后知后觉到大脑和胸膛都特别烫。

黄楚言垂着头上楼，经过201室，也没回头跟乔嘉恒说再见。

她在想，什么时候乔嘉恒也变得这么难对付了？

乔嘉恒站在201室门口。在听到四楼传来关门的声音后，他才放松下来，微微叹了一口气。

和黄楚言相处，特别不好受，他见不得她开心得扬起尾巴，可是看见她不开心，却觉得更加郁闷。

他莫名地想对她好，可是一瞧见她那张带着自信的漂亮脸蛋，他又会觉得自己不该就这样踏入她的陷阱里。他想说些带刺的话让自己变得清醒，说了之后又会疑惑自己怎么会这么容易被她激怒。她明明什么都没做。

她跟沈柯帆说想和他做朋友，却从没对他做过什么亲近的

061

举动，只是不远不近地在他周围绕圈。

她什么事都没做，却让他无端在意起来。

他一个人究竟在这里自作多情什么？

黄楚言才没那么闲，真花心思去想乔嘉恒喜欢吃什么。她甚至将请他吃东西这件事抛到脑后，完全忘了自己答应的事。

不过那天，乔嘉恒却亲口提醒她这件事。

又是雨天，晚自习结束后，黄楚言磨磨蹭蹭了一会儿才走出学校。伞已经成了最近需要随身携带的物件。

春雨绵绵，雨下个不停，但雨势一直都不大，淋不湿身体，只能勉强让空气变得潮湿，连心脏也跟着湿湿的。

她走在回家的路上，意料之中的，没碰见乔嘉恒。她知道乔嘉恒在某些方面的习惯很规律。比如，他一下晚自习就会立刻回家，还有，她听乔芝琳说，乔嘉恒每天十二点一定会熄灯睡觉。

她想过这就是她和乔嘉恒之间的差别。

她总是随心所欲，计划跟着心情变化。乔嘉恒在某些时刻却按部就班得像个机器人。

黄楚言还没走进小区楼道，远远地，就发现了一楼原本阴暗的楼梯后面此刻亮着光，并不算明亮的灯光。那光源偶尔晃动，光亮在墙面上忽明忽暗，有时还会投出人的影子。

黄楚言猜是手电筒的光。

她走近后，收了伞，发现是乔嘉恒。

他还穿着校服，应该是刚到家不久。一米八几的个子缩在楼梯后面很是拘谨。他弯着腰，拿着手机，开着手电筒，在堆积的箱子里寻找着什么。

楼梯后面堆了很多杂物。除了之前乔嘉恒给她介绍的那辆自行车，还有好几个箱子，装满了东西。

听到动静之后，乔嘉恒扭头看过来。见是她，他微微一顿，然后主动解释道："我在帮我妈找她的证书，她突然说要。"

黄楚言抖了抖伞上的雨花，问："要我帮忙吗？"

"不用。"乔嘉恒先是拒绝，顿了一下后，他又问，"你刚回来？"

黄楚言点头道："嗯，今天我比较晚才出学校。"

乔嘉恒似乎想说些什么，但是看了一眼她被雨淋湿黏在小腿上的校裤，还是说："你赶紧上去换件衣服吧。"

黄楚言低头看了一下自己的裤腿，不以为然道："我帮你吧。"

乔嘉恒站直了身体，指了指那块逼仄的地方。他的意思是这空间太小，他俩没办法一起挤进去。

黄楚言将伞放下，然后蹲下身，像一株蘑菇长在箱子边上一样："一起找吧，什么证书？"

乔嘉恒沉默了几秒，才说："古筝的考级证书。"

"什么颜色的？"黄楚言这么问着，已经打开了手机的手电筒，对着箱子翻找。

"绿色的。"

"哦。"

乔嘉恒站在原地看了她一会儿，才反应过来："那个箱子我找过了，没有。你可以找找旁边那个。"

黄楚言的动作利落，挪到另一个箱子旁边重新翻找。乔嘉恒重新弯下腰，在她旁边的箱子里找证书。

手电筒的灯光偶尔交汇在一起，闪得人眼睛发酸。两人没说话，空气中只有雨声和翻找东西的声音，莫名地和谐。

黄楚言翻到意料之外的东西。看了一眼封面就偷偷将东西塞到书包里，然后装作什么事都没发生，继续在箱子里搜寻证书。

她找的这个箱子里面塞着很多东西，有孩童的玩具、故事书以及姓名栏写着"乔嘉恒"的三好学生奖状，是他小学拿到的。

几张奖状被夹在书本之间。潮湿的空气让纸张变软，边缘都微微弯曲，不过她仿佛能从这几张奖状窥到小学时期的乔嘉恒也是出众优秀的。

就在她发呆出神的时候，旁边的乔嘉恒出声："找到了，在这里。"

黄楚言抬起手，将手电筒转过去，没想到乔嘉恒正好扭头看过来，刺眼的光线直直照到他的脸上。

黄楚言看到他猛地闭上眼睛，下一秒，他笑了，像是无奈。强烈的光线让他整张脸看着很白，于是五官便更加清晰突出。

黄楚言再次被他的样貌惊艳到，大脑微微发热。她移开手机，说："对不起啊。"

乔嘉恒在黑暗中重新睁开眼睛，说："没事。"

既然东西已经找到，黄楚言就没必要蹲在地上当蘑菇了。她往外面挪了挪。

乔嘉恒就站在离她不足一米的地方。

她站起来，似乎是因为起得太猛，大脑供血不足，有点儿眩晕，但不至于要摔倒。她甚至还有多余的精力在电光石火间思考自己是不是要趁机逗一下乔嘉恒。

就在她考虑要不要装晕，抓住乔嘉恒的手腕时，那只手却率先向她伸来。

乔嘉恒猛地抓住她的肘弯。他使了点儿力气，在确定她站稳之后，他稍微松开，继而默默地握着她的手腕。

"你没事吧？"他的声音在她的头顶这么响起。

黄楚言没抬头，只能看见他的肩头，以及他别在前胸的校卡。

校卡上"乔嘉恒"这三个字一下撞进她的视线里，然后在她的脑海里莫名其妙地飞舞打转。她虽然站稳了，但是脑袋却更晕了。

见她没说话，乔嘉恒又握紧了她的手腕："怎么了？"

黄楚言回过神，声音都变沙哑了："没事，我就是突然有点儿晕。"

"现在呢？"乔嘉恒问。

黄楚言抬头看他，对上他垂着的眼眸："没事了，我出去透透气。"说完，她轻易地甩开他的手，往外面走。

乔嘉恒看着她有些落荒而逃的背影，眼底浮起一点儿笑意。

黄楚言对着湿润的天空深吸几口气后，稍微清醒了一点儿，只是脸依旧有点儿热。不过她这样不全是因为害羞，其实她还有点儿恼。

她本想算计他，却没想到被他反摆一道。

如果刚才是比赛的话，她真是输得彻底——他们对上视线的瞬间，她的心脏切切实实地停了一瞬。

在眼前雨势慢慢变大的时候，她听见身后乔嘉恒的声音，他喊她："这是你丢下的吗？"

黄楚言回头看过去，发现他背对着她，正指着角落。她凑过去，发现他说的是地上的一个橡皮圈。

她摸了摸自己的口袋，里面的橡皮圈还在，于是她否认道："不是我的。"

"哦。"乔嘉恒说着就要去捡。

黄楚言拉住他，说："我来吧。"说完，她弯下腰去捡橡皮圈。

准备起身的瞬间，她的视野里出现了他的手，就在她的身侧，似乎是为了预防她再像刚才那样站不稳。

黄楚言这回倒是毫不客气了，起身后直接往乔嘉恒的怀里栽，还故意睁大了眼看他的反应。在确定他的脸上露出类似震惊的神情后……她满意了。

她抓着他的胳膊，低声说了句"对不起"，然后就将还没缓过来的男孩儿丢在身后，撑开伞，走到不远处的垃圾桶去扔垃圾。

她在雨中回头看，发现乔嘉恒就站在楼梯旁盯着她看。

黄楚言看着他，有一种冷热交织的感觉。

东西已经找到，黄楚言没理由在这里多待，而且她的确有些想逃的念头。她莫名有一种"再待一会儿自己就会缴械投降"的感觉。可她不习惯输，她讨厌输。

她收了伞就要走上楼梯，又听见乔嘉恒叫她。

她有点儿烦，想问问他为什么有这么多话要问她，但是脚步还是停住，看向他，温柔地问："怎么了？"

乔嘉恒的表情有点儿古怪，不像平时那样淡漠、游刃有余。他看起来有些局促，身体微微前倾，往她这个方向靠近。

"你说，近水楼台先得月是什么意思？"

黄楚言一愣，第一反应是："你不知道吗？"

乔嘉恒的眉毛一颤，吐字都有点儿含糊："嗯，不大清楚。"

黄楚言是真的疑惑，她记得乔嘉恒的语文还不错啊，怎么连这么简单的成语都不知道是什么意思，他又不是沈柯帆那种不学习的蠢货。

等等，沈柯帆……黄楚言想起些什么，于是看向乔嘉恒的眼神变得狎昵起来。

"就是那个意思啊。靠得近，所以能够抢先得到。"她说着，往乔嘉恒的方向走近了一步。

气氛瞬间变得奇怪起来。

乔嘉恒没动，只是沉默地盯着突然变得像是狡黠的狐狸的她，问："你想到我喜欢吃什么了吗？"

黄楚言猛地被提醒这件事，便说："想不到，你告诉我呗。"

乔嘉恒好像笑了一下，嘴角扬起的弧度却很微小，很快又消失了。

他说："不要。你自己想。"

黄楚言发现，他在某些方面固执得像是无理取闹的小孩儿。但黄楚言不怎么会和小孩儿相处，没学会投其所好的方法。

她只是疑惑，再次反问："你真要我请你吃东西？"

"真的。"乔嘉恒回答得很快。

黄楚言眨了眨眼睛，似是在思考。她突然低下头，慢条斯理地整理自己的雨伞，将伞面每一折都叠好，再按上扣子。

乔嘉恒就这样等了她好一会儿，等到额头都出了一层薄薄的汗。她终于将伞收好，重新抬头看他，说："明晚我爸不回来，你来我家，我请你吃东西。"

直到乔嘉恒洗漱完，他都没从黄楚言说的那句话和那样的眼神中缓过来。他再想起自己蠢到没边的回答，叹了一口气，心脏却跳得发慌。

他问她："你为什么要挑叔叔不在的时候？"

谁知道黄楚言留下一句"你自己想呢"就走了。

第二天没下雨，但空气依旧凉丝丝的。晚自习结束后，黄楚言回家，在家门口掏了钥匙准备开门的时候，听见了身后的动静。

有人用鞋底磨了磨水泥地面，发出不大的声音。这声音能让她听见,又不至于被吓到。

她扭过头,发现乔嘉恒正在楼梯上看着她。

昏暗的楼道里,他的身影变成一面黑墙。他就这样堵在她的身后。

她在黑暗中问:"你没等太久吧?"

乔嘉恒站直身体,双手放进兜里,耸了耸肩膀,说:"一会儿而已。"

黄楚言开了门,侧过身,让他进屋。

他们认识这么长时间,大多时候是她去楼下,乔阿姨也经常上楼。乔嘉恒却很少上楼来她家。

他很是拘谨,进屋之后也不敢乱看,听着黄楚言的指令行事。她让他换鞋进来坐,他就在沙发上坐下。

黄楚言背着书包走进厨房,然后打开冰箱,掏出东西扔给乔嘉恒。

乔嘉恒的脑子还是蒙的,但双手还是反射性伸了出去,将东西稳稳当当接住。

黄楚言站在厨房里说:"请你吃的。"

乔嘉恒抓在手里的是铜锣烧冰激凌。现在还是春天,捏着冰激凌还怪冻手的。

他看看这无厘头的冰激凌,问她:"我喜欢吃这个?"

黄楚言走进房间,先放了书包,她的声音从房间里传出来:"我哪里会知道你喜欢吃什么,只能一个个试了。"

她走出来,继续说:"阿姨只说过你喜欢吃甜的,但又不喜欢太甜的。这个刚好,我很喜欢吃。你试试。"

黄楚言将话说得无懈可击,可乔嘉恒还是打心底里不想让这件事被她糊弄过去。

毕竟,他期待了这么久。

他捏着包装袋,故意找碴儿,问:"现在天气这么冷,你怎么请人吃冰激凌?"

黄楚言走近后,笑着低头看他:"那你说你喜欢什么,我下次再请你吃。"这么说着,她脱了校服外套,随手扔在他旁边的空位上。

校服的袖子差点儿打到他的大腿。

乔嘉恒的身体僵住,还没说话,黄楚言就又转过身,解开绑着头发的橡皮筋,然后弯腰脱掉袜子,又去洗手间洗漱……她很忙碌,丝毫不在意他的存在。

乔嘉恒觉得眼下的情况和自己想象中的不大一样。

他局促地打开冰激凌的包装,吃了一口。

冻牙。

突然,洗手间里传来水声,但是门还开着。

乔嘉恒看不到里面的黄楚言在做什么,只是呆滞地吃着手里的冰激凌,看着一阵阵白色的雾气从卫生间里冒出来。那些水汽像是要朝他扑过来。他动了动鼻子,什么都没流下来。

几分钟后,黄楚言用毛巾包着湿漉漉的头发从洗手间里出来。似乎是没想到他还在客厅里,她顿了一下,说:"你还没走啊。"

乔嘉恒听了这话才意识到:啊,原来他该走了。

他尴尬地起身，将冰激凌的包装袋扔进垃圾桶里，说："我现在走。"

黄楚言出声拦他："你等等。"

乔嘉恒真想知道她在想什么，一会儿赶他走，一会儿又让他留下来。

"怎么了？"

"我有几道题目想问你。"

乔嘉恒在餐桌边上坐下，等她从书包里拿出数学卷子。

考卷在他眼前摊开，他低头看题目。

这时，黄楚言在他的身边坐下。她靠过来，湿漉漉的发尾就这样在他的手臂上蹭了又蹭。

乔嘉恒的心跟着手臂上的皮肤一起变湿变软。

他想起那个台风天，眼下的情况跟那时几乎一样。只是现在，他却任由发尾像羽毛一样在他的身上画着圈儿，打着转儿。

他想，最近自己怎么总是这样，怎么到处都是湿的？

乔嘉恒花了一点儿力气才集中注意力将题目看清，不过好在题目不算特别难，他还有能力在眼下的环境中解决。在理清思路后，他想要开口却发现嗓子干涩，他咳了两声才能好好说话。

周围很潮湿，但他的嗓子却干得不行。

"这样你听得懂吗？"他微微别过头，看向黄楚言。

她的眉头微蹙，视线落在考卷上，思索的时候连嘴唇都抿着。

见她还是一副没想通的模样，乔嘉恒打算再说清楚一点儿，但桌上的手机在此时振动起来。

是他的手机。他看过去,是他妈给他打来的电话。

他看了一眼时间,是比平常晚了不少。

黄楚言回过神来,看向他说:"我懂了,你回去吧。"

"你真懂了?"乔嘉恒挂断乔芝琳的电话。

"真的。"黄楚言点头,于是那潮湿的发尾在他的手臂上又蹭了两次。

乔嘉恒不动声色地收起手臂,起身道:"那我走了。"

"好。"她依旧坐在椅子上。

乔嘉恒关上门的时候,黄楚言依旧没挪屁股,只是盯着他,和他挥了挥手,说:"谢谢你,早点儿睡。"

乔嘉恒握着门把的手微微收紧,说:"你也是。"

他们的关系像是亲近一点儿了,却在私底下暗自较劲。他们捉住过对方的把柄,但摊开来说,他们最多只是打了个平手。他们都是聪明人,却也有着强大的自尊心,明明被对方吸引,却都不愿意率先低头,没人肯投降。

谁想和你做朋友?谁要主动和你说话?

黄楚言和乔嘉恒看到对方时,满脑子只剩这两句话。

Chapter 04 / 喜欢

黄楚言发现时间好像过得比过去更慢。

她印象中的春天总是下几场雨就过去了。但是今年,她来到六中的第一个春天,比过去长了不少。至少在她的脑中,她淋过的雨就不止几场。

这个春天又长又湿润。

但春天再长,也总会过去。

随着气温上升,学生们穿的校服从长袖换成短袖。他们穿的衣服越来越少,白昼越来越长,天黑得越来越晚……夏天终于来了。

夏至这天,天色昏暗,班级里也死气沉沉。连平日总是停不下嘴的韩梓昕也像是变潮了的纸张,无力萎靡地趴在桌上。

黄楚言问了才知道,韩梓昕喜欢的偶像"塌房"了。

她说她不想再追星了。她被伤到了,不想再碰三次元的男人,要躲回二次元的怀抱。

黄楚言安慰了她几句,就低头学习了。

下午，天空终于落下大雨。雨水砸在地上，卷起尘土和植物的味道，夹着湿气，混进空气中。

晚自习开始前的课间时间，黄楚言被班主任喊去办公室。

班主任一边批改作业，一边对她说："你的成绩保持得很好，年级里也讨论过了。下学期的 K 班同学会小幅度调整，如果你的期末考试成绩能够稳住，下学期开学就去 K 班，应该没什么问题。"

黄楚言心里愉悦，但表情依旧平静，只是说："好的，老师。我知道了，我会保持住的。"

"嗯，你继续加油，进了 K 班，一只脚就踏进重点大学了。"

黄楚言继续点头。

回班级的路上，她慢悠悠地走着。瞥向天空，她甚至觉得雨砸下来的声音都很悦耳。她回过神，抬头就看见乔嘉恒和朋友正打打闹闹地朝她这个方向走过来。

他们应该是去小卖部了，手里抓着几包小零食。

乔嘉恒的衣服被雨淋湿了一片，湿漉漉地贴在右臂上。但他似乎一点儿没被影响到，脸上依旧露着笑容。

黄楚言皱了眉。

乔嘉恒看过来，和她对视，却也没打招呼。

黄楚言瞥他一眼，和他擦肩而过，也装作不认识他。

他既然不和她打招呼，她也不会觍着脸上去说"嗨"。

回班级的时候，黄楚言发现韩梓昕居然还是那副昏沉无力的模样。这太少见了。

她问韩梓昕是不是生病了。韩梓昕说没事，就是心情不好。

黄楚言在晚自习铃声响起之前，又安慰了她几句。

晚自习开始后，她给韩梓昕悄悄递了一颗糖果。

韩梓昕正打算跟她道谢的时候，发现黄楚言已经埋着头开始学习了。韩梓昕无奈地摇摇头，拆开糖果纸，将糖果扔进嘴里。

雨还在下。时间和雨水一样，哗啦啦地流走。

吃完糖后，韩梓昕咂了咂嘴，继续趴在桌子上伤心。

晚自习结束后，黄楚言打开手机，发现她妈给她发了一条信息。她妈说他们已经回国了，就等她放暑假了。

黄楚言回了一个"好"字，就收起手机。

她不自觉地露出笑容，开始期待即将到来的这个暑假。

在春天结束，夏天开始的这天，有人结束了上一段刻骨铭心的经历，也有人开始了新的盼头。

这场雨下了许久，冲走了一些过去，也带来了一些新的东西。

高二下学期的期末考试如期来临，两天时间很快过去。

黄楚言考完最后一科后，直接拉上行李，上了柳一妍开到楼下的小车，然后扬长而去。

她没抬头看，不知道乔嘉恒站在二楼阳台目送她离开。

高二的这个暑假比过去都热一些。舅舅一家都没回国，表姐柳弥不在，黄楚言几乎都是在陪着母亲。她偶尔陪着柳一妍出去逛街,柳一妍兴起的时候也会跟她一起做饭。母女俩一起在厨房里折腾出一道算不上好吃的菜,然后再一起吃光。傍晚,她们会一起出去散步,散步回来后再靠在沙发上一起看电视。

这样没有烦恼,闲暇惬意的时间过得很快。开学前两周,黄建阳过来将她接回家里。黄建阳和柳一妍在门口碰上面,两人没怎么好好说话,对视两眼后,一个摆摆手,往屋里走,一个坐上车子的驾驶座。

黄楚言跟着黄建阳上了车,对着柳一妍的背影说自己明年暑假还会来的,还让她明年记得把柳弥喊回来。

还没等到柳一妍回话,黄建阳就一脚踩下油门,车瞬间往前移动,柳一妍的身影只在黄楚言眼里待了几秒就消失了。

黄建阳将车窗关上,他说:"回去你要好好学习了。你不在的这段时间,你乔阿姨很想你。"

黄楚言坐在后座不说话,让人猜不透她在想什么。

"真的啊,你不在的这段时间,乔阿姨做的蛋糕也没人吃了。"

"乔嘉恒不是爱吃吗?"

"哦,他也是。你不在家里,他好像很无聊,听你乔阿姨说,他整天一个人宅在家里。"

黄楚言低声说:"你胡说什么,他无聊跟我有什么关系?"

她跟他都称不上是朋友,最多是住在楼上楼下,并且可能成为兄妹的同校同学。

黄建阳笑了一声,没再说话。

黄楚言一到家，乔芝琳就喊她下楼吃蛋糕。乔芝琳说这是为了迎接她回家而做的蛋糕。

黄楚言其实内心感到非常受用。她放下行李后就来到 201 室，敲了敲门后直接推门而入，一眼就看到了站在餐厅里的乔嘉恒。

两人将近一个月没见，他的头发长长了一些，但时间对他似乎只有此作用，她看不出他身上其他的差别。他戴着眼镜，穿着 T 恤和短裤，像是刚从房间里出来。他听到门口的动静，扭头看过来，和黄楚言对视，轻轻点了一下头，又将眼神挪开。

乔芝琳从厨房里探出头来，笑着招呼黄楚言："你从你妈那里回来啦！坐下吧，蛋糕就在冰箱里，我马上端出来。"

黄楚言笑着说"好"，然后在餐桌边坐下。

乔芝琳端着蛋糕从厨房里出来，乔嘉恒往旁边稍微挪了挪。乔芝琳将切蛋糕的刀叉递给他，说："你切一下。我再去收拾一下厨房。"

乔嘉恒接过刀叉。

黄楚言看了他一眼，然后低头玩手机。她的余光瞥到他的手，银色的刀在卖相完美的蛋糕上缓慢切下，松软的蛋糕微微摇晃。他提起刀，又很快切下第二刀，第三刀。

黄楚言的手机屏幕一直保持在一个画面。她没在看手机，反倒是一直在注意切蛋糕的乔嘉恒。又过了一会儿，手机屏幕突然黑下来，她才猛地回过神来，手指迅速重新点亮手机屏幕。她正觉得懊恼尴尬的时候，视野上方出现了一个纸碟子，米色的纸碟子上已经放着切好的蛋糕了。

这个纸碟子被他一只手推过来。

黄楚言的视线从他的手慢慢往上移,然后对上乔嘉恒的眼睛,他正垂着眸子看她。因为她仰视着他,显得他狭长的眼睛变得更长了。她甚至觉得他在取笑她,她仿佛看到他眼里的笑意,淡淡的,但绝对有,还恰好被她捕捉到了。

乔嘉恒说:"蛋糕切好了,这是你的。"

黄楚言敛着眉,接过碟子,说:"谢谢。"

乔嘉恒轻轻地应了一声,然后将刀放下,抽了一张纸擦了擦手,就转身回房间了。

房间门被关上的时候,乔芝琳正好从厨房里出来。她对着那扇被关上的门嘟囔:"你不是说要吃蛋糕吗?怎么又进房间里了?"

黄楚言将舀好蛋糕的叉子放到嘴里,奶油在舌尖化开:"他要吃吗?"

"对啊。他说要吃,怎么给你切完了就进屋里了?"

黄楚言在心里说:可能他是不想看到我吧。

吃完蛋糕后,黄楚言回到四楼,将自己的房间收拾好的时候,已经到了傍晚。

在吃晚饭的时候,她收到班主任的短信,通知她高三开学就能直接去新班级报到。她和坐在对面的黄建阳说起这件事,黄建阳露出笑容,说:"好,那剩下的这段时间你就要努力了,进了好班级,千万要跟上同学们。"

黄楚言点头答应。吃过饭后，她就回房间里制定接下来的学习计划。

她做事的效率高，花了二十分钟写计划，第二十一分钟合上计划本，拿出需要做的试卷。

时间过得很快，气温最高的时候，六中的高三学生开始返校。

开学那天，黄楚言去原来的班级收拾东西的时候，被韩梓昕拉着哭诉。

韩梓昕控诉她去了 K 班，都不通知自己一声。黄楚言安慰她，她们还是可以每天一起吃午饭。

韩梓昕告诉黄楚言，她爸妈这学期给她在学校门口租了一间方便她休息的小房间。平时晚自习结束后她可以直接在出租屋里休息，周末再回家。这样早上她可以多睡一会儿，晚上也能节省些在路上的时间，还可以早些休息。

黄楚言说："你爸妈考虑得真周到。"

"这不是重点，重点是，你周五放学了，去我的出租屋和我一起看剧吧？"

黄楚言看着韩梓昕满含希冀的双眼，没忍心拒绝，但也只答应了一半："但只能看两集。"

韩梓昕"喊"了一声，说："这剧一周也只更新两集好吧，久了我还不伺候你呢！"

将韩梓昕安抚好后，黄楚言抱着书上楼了。

文 K 班和理 K 班在一层楼，两个班甚至是挨着的。黄楚言的运气不算好，刚上楼就碰见了乔嘉恒。

他穿着校服，靠在后门和同学说话。就正对着楼梯，所以他一抬眼就能看到捧着一堆书的黄楚言。

她走得慢，一步步踩上去，和他对视一眼后，就垂下眸子，低头看怀里的书。

爬完楼梯后，她再抬眼，乔嘉恒已经不在原来的位置了。

她透过窗户往理K班里面看，一眼就捕捉到他。他个子高，所以坐在靠后的位置，是靠墙的最后一组，头顶上就是"天道酬勤"这四个大字的贴纸。

她不动声色地收回视线，然后走进自己所在的班级。

班级里已经坐满人，但鸦雀无声。大家都低着头学习，氛围很好。

黄楚言找到老师给她安排的位置，放轻动作收拾东西。在擦过一遍桌子后，她将书籍放到抽屉里。

等她收拾好一切，同桌和她轻声打招呼，说自己是班长，叫吴序承，班主任交代他帮助她适应新环境。

吴序承个子高，长得也壮，外形看起来和沈柯帆那样的体育生差不多，但他说话轻声细语的，黄楚言只听他说话，就知道他是聪明人，和沈柯帆不一样。

第二天，高三年级的学生上了开学的第一堂课。

和黄楚言想象中的差不多，新班级上课的进度快，老师的教学方法更倾向于让学生自行安排。黄楚言从小就爱制定计划，于是如鱼得水般很快适应了新班级、新老师还有新的学习环境。

班里的同学性格也很好，黄楚言没两天就和周围的同学说上话了。但在班里的大多时候，大家都是在闷头学习。黄楚言能明显感觉到周围的同学有着积极向上且坚韧的信念，她喜欢这种高效的学习环境，状态也比以前更好。于是第一个学期的期中考试，她的成绩一下跃到年级前五名。

周一升旗的时候，理科和文科排在前列的同学一起上台接受表彰。老师明明是按名次喊的名字，但她不知为什么，身边居然站着乔嘉恒。

不论是按文理科分，还是按成绩分，他都不应该站在她身边。

结论只能是凑巧，老天爷这么莫名其妙地安排了。

那还真是莫名其妙。黄楚言这么想。

经过这段时间莫名其妙的较量，她和他虽然算不上什么仇人，但也不是可以自如相处的同学或者是完全不熟悉的陌生人。而且进新班级的这段时间，她回家也总是把自己关在房间里埋头学习。这小半个学期，她几乎没在家里碰见过他。在学校里偶尔碰见了，也不会打招呼。在她看来，他们的关系变得更紧张了。

因此，此刻，站在她身边的乔嘉恒让她莫名有些紧张。

黄楚言低着头，躲避头顶的阳光，等着老师走到她面前给她发奖状。她无意间瞥到站在下面队伍里的韩梓昕。对方的脸色红润，激动地指了指她身边的人，还在老师的眼皮底下手舞足蹈得像只猴子。

韩梓昕是在提醒黄楚言,她身边是乔嘉恒。

黄楚言只能皱眉,当作没看到。

她垂下眸子,视野里出现和她隔着不足十厘米的乔嘉恒的裤腿,还有他放在身侧的手。

他的指甲修剪得干净,手背上青筋凸起,被一层薄薄的皮覆盖着。

当黄楚言意识到自己在对着乔嘉恒的手出神的时候,她微愣,然后抬起头,直面刺眼的阳光。

时光荏苒,夏日炽烈的阳光渐渐地柔和下来。夏季校服换成冬季长袖,小卖部门口的冰柜被推到仓库的最里端,小卖部老板大大咧咧地在门口摆上了关东煮的摊子。

冬天来了。

冬天大多数时候天空都是阴沉沉的,让人分不清是早上还是下午。

高三上学期的期末考试如期来临,黄楚言考完最后一科后被韩梓昕拉去出租屋看综艺节目了,晚上八点才回家。

她刚到家,黄建阳就和她说起这个寒假的安排。

"我们今年还是回老家过。我和你乔阿姨还没结婚,贸然把人家带回去也不大好。等明年你们高考结束了,我和你乔阿姨再看看,现在最重要的还是你和嘉恒。"

黄楚言没什么意见,她对黄建阳和乔芝琳的事从来都没有意见。她点头应下,转身就要回房间。

黄建阳对着她的背影说："那我们后天就回老家，爷爷奶奶也说想你了。"

黄楚言说："好"。

于是，对黄楚言和乔嘉恒来说，这个寒假过得和过去没什么区别。

春节结束后就是高三下学期，临近高考的冲刺阶段，时间好像过得飞快。

他们的日常生活就是做考卷、改错题，巩固过知识后做卷子，再讲题。

不知进行了多少个这样的循环后，日历翻到六月七日这天。

黄楚言反倒是忘了高考那两天发生了什么，她只记得一切结束后，回班级收拾自己的东西时，经过走廊无意瞥到的那片天空。

夕阳温暖，呈现带着完满意味的暖橙色。

她的东西不少，将一个纸箱装得满满的。她搬着纸箱下楼的时候，在楼梯上碰见了吴序承。

吴序承问她要不要帮忙，黄楚言摇摇头说不用。

他又问："你是要把这一箱书搬到哪里去？"

"我把这个先搬到我同学的出租屋里，我爸说晚点儿来接我。"

"这样啊，那应该有点儿远吧，我帮你吧，反正我正好没事。"

黄楚言掂了掂手里的箱子，觉得自己确实没办法一路轻松地走到韩梓昕的出租屋，决定麻烦他，说待会儿可以请他喝奶茶。

这一年来，吴序承的确帮了她不少忙。作为班长，他帮助她融入班级；作为同桌，他也乐意在学业上帮助她。她还挺喜欢和他相处的。

两人边走边聊，一直走到韩梓昕出租屋的楼下。

吴序承很有边界感，他将箱子还给黄楚言，并没有提出上楼的要求。黄楚言接过箱子后，说下次有空了再请他喝奶茶，自己需要上楼收拾东西，她爸等会儿就来接她了。

吴序承笑着说："没事，反正暑假还长。"

黄楚言点点头，搬着箱子上楼去了。

到三楼的时候，她往楼下看，看见吴序承走远的身影。不过，不远处还有个熟悉的身影，他也正慢慢地离开。她定睛一看，确定是乔嘉恒。但他看起来只是路过，不像是来找她的。

她盯着他的背影看，没几秒，他就彻底消失在她的视野里。

她收回视线，进屋收拾东西去了。

黄楚言在韩梓昕的出租屋里等了一会儿，就接到黄建阳打来的电话，说自己已经到楼下。他帮着黄楚言将东西放进车里后，看了一眼学校的方向，说："我来都来了，顺便接一下乔嘉恒吧？"

黄楚言看着他打电话给乔嘉恒，他问："你已经到家了？"

那头的人回答了两句就挂了电话。

黄建阳招呼黄楚言上车，说："他说他已经回去了。"

黄楚言一愣，她想，那她刚才看到的像乔嘉恒的背影应该只是自己的错觉。

　　暑假开始的前两天,黄楚言放纵自己休息——每天睡到自然醒,看看电视、吃吃零食,眼睛酸了就躺在床上睡觉,醒了就接着玩。
　　乔芝琳见两人结束高考,也在厨房里多花了一点儿时间,每天换着花样给他们做饭吃。放假的前两天,黄楚言几乎每顿都是在 201 室吃的。黄建阳平时在单位吃,所以很多时候,餐桌上只有她和乔家母子两个人。再往细了说,开饭前,乔芝琳总是在厨房里忙东忙西,所以,她和乔嘉恒总是有十几分钟坐在餐桌上独处。
　　大多时候,他们都是装作不在意对方,低头玩手机。乔嘉恒有时候会起身去沙发那里拿份报纸来看。他们不会和对方说一句话,眼神交汇的时间都是以毫秒来计算。
　　他们之间的氛围实在是太过奇怪,双方都知晓这种尴尬的气氛。但没有人肯去打破,他们似乎都觉得自己在这种诡异的关系中游刃有余。
　　黄楚言想得很简单,她承认乔嘉恒对她是有吸引力的。但她不喜欢低头,她做过的那些类似臣服、献殷勤的行为都只是为了让对方向她低头。但乔嘉恒好像不是那种会向她低头的人,于是他们就僵持着,等待着对方率先投降。
　　他们这场无声的战争从高二一直延续到高三。如今高考都已经结束了,黄楚言有种预感,战争很快就要结束了。很快就会有人低头，但那个人绝对不会是她。

这一天，乔嘉恒又像是觉得难熬一样，起身走向黄楚言的身后。

黄楚言背对着他，听着身后的动静，猜想他应该是又去沙发上看报纸了。但这一次，她不像之前那样保持着背对他的姿势，她突然扭过头，朝他看过去，然后发现他的手上根本就没有报纸。

他只是坐在沙发上，然后望着她，应该是在对着她的背影出神。

但他没想到黄楚言会突然回头，于是他愣住了，来不及收回自己的眼神，就这样直直地和她对视上。

黄楚言眼里的情绪从惊讶转换到了然，最后是淡淡的揶揄。

在乔嘉恒看到黄楚言眼里笑意的那一刻，就知道自己露馅了。

他输了，输得有点儿难看。

当乔芝琳将最后一道菜端出厨房的时候，乔嘉恒正好转身进房间。乔芝琳还来不及说话，乔嘉恒便利落地关上了门。

乔芝琳的声音被阻隔在外面，乔嘉恒听见模糊的声音"你不吃饭了？"，他对着门喊道："你们先吃吧，我不怎么舒服！"

乔芝琳蹙着眉，对上黄楚言带笑的眼睛："不知道他又怎么了。"

黄楚言像是很理解，道："心情不好吧。"

乔芝琳点头道:"那我们先吃吧,不用等他。"

黄楚言点头说"好",然后开始自在地吃饭。

他输了,那她便赢了。

于是他的心情不好,而她的心情不错。

这天之后,黄楚言在乔嘉恒面前就总是昂着头,摇着尾巴的。

乔嘉恒只看她的背影,都能猜到她扬扬得意的表情。他有些郁闷,但也莫名体会到一种愉悦。隐秘的欣喜在他的心底荡漾开。

几天之后是乔嘉恒的生日。

他生日那天,乔芝琳在机构正好有课要上。前一天乔芝琳就和黄楚言说好,她说她已经在附近的餐厅订了位置,让黄楚言下午和乔嘉恒一起来她工作的地方找她,之后他们再一起去黄建阳的单位等他下班,四个人可以一起为乔嘉恒庆生。

黄楚言问:"阿姨,你和乔嘉恒说了吗?"

"说了,我让他带你一起来。"

"好。"

下午,黄楚言换上衣服后,坐在客厅里等乔嘉恒。

约好的时间一到,门口便传来敲门的声音。来者正慢悠悠地敲门,不急不躁,敲动的频率都很有节奏,和乔嘉恒给人的感觉很像,总是稳定的。

黄楚言上前开门,在对上他的视线后,她说:"我好了,可以直接走了。"

乔嘉恒的视线从她的脸上轻轻划过,再转向其他地方:"好。那我们走吧。"

虽然是从一个小区走出来的,但他们一前一后地走着。不说话,也没人知道他们认识。

黄楚言不认识路,只能跟在乔嘉恒身后。

黄楚言对着乔嘉恒的后脑勺胡思乱想了一路,一会儿盯着他的肩膀出神,一会儿看他被风吹得飞扬的衣服下摆。

走过了两条街,乔嘉恒的脚步逐渐慢下来。她抬起头,看见了不远处机构的招牌。

一直走在她前面的乔嘉恒突然转过身,走到她身边,面无表情地对她说:"你站在这里等一下。"

黄楚言还来不及说话,乔嘉恒就转身往前走了。

黄楚言看见他站在一个中年男人面前。中年男人个子高,气质儒雅,身上的 Polo 衫有些皱巴。在看见乔嘉恒后,他镜片后的眼睛都亮了。

他伸手去碰乔嘉恒的肩膀,却被乔嘉恒躲过。他脸上的尴尬表情很难掩饰,只能用笑意压下去。他对乔嘉恒说了几句话,突然抬眼朝她这里看过来。

黄楚言一下站直了身体,回望过去。还没看清那个男人的眼神,一直背对着她的乔嘉恒便往边上挪了挪,挡住了他们交流的视线。

黄楚言本能地松了一口气,有一种危机解除的轻松感。

虽然她不知道这个中年男人是谁,和乔嘉恒是什么关系,但她能察觉到他的眼神带着审视的意味。总之,是不怀好意的,但乔嘉恒帮她挡住了。她望着乔嘉恒的背影,突然觉得他的肩膀很宽,宽到能够挡住那人的视线。

乔嘉恒又和那个男人说了几句话,那个男人最后扭头走了。

乔嘉恒就站在原地,看着他坐上路边的汽车。在确定男人已经离开后,他才回头看黄楚言。

黄楚言看着他的脸,发觉他有些疲惫无力。

她认识他这么长时间,很少在他脸上见到这样的神情。他有时话多,有时安静,但总是充满能量,让人很有安全感。

她走近后,想了想,还是没有多问,只是拿出手机,问:"我现在发条消息给阿姨?"

乔嘉恒"嗯"了一声,神情恹恹的。

黄楚言发完消息后,想了想,还是抬头看他,轻声说:"生日快乐。"

乔嘉恒一愣,似乎没想到她会在这时候说这句话。他的情绪无法一下转变过来,声音都有些不自然:"谢谢。"

黄楚言认真地说:"我不是随便说说的,我是真希望你能快乐,至少在今天。"她补充道,"在这一秒。"

乔嘉恒盯着她看了一会儿,眸中的落寞被笑意覆盖:"我会的。谢谢你。"

他能清晰地感觉到，某些散开的东西正在慢慢地重聚，只是因为眼前的女孩儿、因为她说的话、因为她诚恳的祝福。

乔嘉恒并没有跟乔芝琳提起刚才那个男人的事，只是和她讨论着餐厅和菜单，气氛还算轻松。

三人和黄建阳碰面之后，黄楚言更不用说话了。到餐厅后，她也只是埋头苦吃。

饭吃得差不多后，乔芝琳订的蛋糕端上了桌面。

黄建阳翻遍整个袋子都没找到蜡烛，最后只能意思一下，唱首生日歌就开始吃蛋糕。

他们四人的气氛还算融洽，虽然比不上其他家庭那般熟悉自然，但也不至于尴尬。

黄建阳和乔芝琳看着低头吃蛋糕的两个孩子，心中还是觉得欣慰——他们肯这样和谐相处，就已经让他俩省心不少。

吃完饭后，乔芝琳和黄建阳给乔嘉恒送上生日礼物——一块运动手表和两千块现金。

乔嘉恒收下了。他用余光去看黄楚言，她坐在他的斜对面，一张脸吃得油润润的，饭店里的暖黄灯光落在她湿漉漉的眼睛里，反射出同样晶莹明亮的光芒。她用一种类似羡慕的眼神看他，嘴角扬着，很开心。

乔嘉恒的脑子里闪过很多想法。

他想，黄楚言的生日是什么时候呢？又想，她难道没给他准备礼物吗？想和人交朋友却不送生日礼物吗？

吃过饭后,四人一起回家。到了二楼,乔家母子推门进屋,黄楚言和黄建阳继续往楼上走。

乔嘉恒进屋洗漱,洗完澡后拿起手机看,只有一些同学的祝福消息。回复过后,他放下手机,拿起运动手表折腾了一会儿,就将它戴在手腕上。

他又拿起手机看,还是没有黄楚言的消息,脑中那个"黄楚言会私底下给他送礼物"的想法随着时间一点点逼近十二点而慢慢消失。

他放下手机,盯着桌上的电子钟发呆,眼看着时间到了十一点四十分……所以她真不会送自己生日礼物了。

想到这儿,在他准备摘下手表去睡觉的时候,手表突然振动,是手机收到了新的消息。

乔嘉恒看清对方发送过来的文字后,起身打开衣柜,拿了一件外套,然后静悄悄地推开房门。

客厅里一片漆黑,乔芝琳已经回房休息了。他轻手轻脚地走了出去。出门后,他拿起手机,对着月光照了照自己的脸,将凌乱的头发大概梳理清楚后,才往楼下走。

黄楚言给他发的消息是:你睡了吗,能不能给我介绍介绍你的自行车?

自行车,被丢弃在楼梯后角落里的自行车。

黄楚言靠在墙上,听见脚步声就知道乔嘉恒来了。

她看了一眼时间,还没过十二点。他下楼的时间比她预想中的更早一点儿。

临近凌晨,这破落小区早就沉寂。街道都空落落的,连平时在垃圾桶周围徘徊的猫狗都回窝睡觉了。

她捏着口袋里的东西,下意识地把玩着,将它握在手心里,一圈圈地转。

男孩儿出现在她的面前,高大的身影将仅有的光源阻挡住。月光都照不进这块小地方,于是逼仄窄小的空间变得更加昏暗。黄楚言已经习惯黑暗,能够一下就对上乔嘉恒的眼睛。

毕竟是她先约他出来的,所以她先摆上笑脸,说:"生日快乐。"

乔嘉恒的语气平淡:"你今天不是已经说过了?"

黄楚言察觉到他的心情不是特别好。或者说,他似乎有点儿在闹别扭,在跟她闹别扭。

虽然他们之前一直在较量,但此刻,他已经跨过了他们中间的那条线,破坏了那样的平衡。

"这是你的自行车吗?认真地给我介绍介绍。"

她往后退了一步,看向靠在墙边那已经落灰的自行车。黑色坐垫已经变成灰色,车架子上也堆满了厚厚一层灰。

任谁看这都没什么好介绍的,但这就是黄楚言叫他下来的理由,这也是他下楼的理由。

乔嘉恒看向那辆自行车,倏然觉得有些疲惫。他早就知道她又要和他玩这种心照不宣的游戏,但还是不受控制地加入其中。

他们相处的时候，总是在玩文字游戏。问得不到答案的问题，兜着圈子，装听不懂，装看不见。

他最近闲下来的时候总是在想，黄楚言到底是什么意思，他和黄楚言是什么关系……但他想不明白，得不到满意的答案。

后来他决定先想清楚他是什么意思，他对黄楚言是什么感觉，他想和黄楚言是什么关系。

重组家庭的兄妹？同校不同班的同学？放学后一前一后走着回家的搭档？不是。这些都不是。

见他一直不说话，黄楚言向他走近一步，问："你不开心？"

乔嘉恒回过神，看着近在咫尺的女孩儿。她很漂亮，也很聪明，对他来说有着莫名的吸引力。但就像沈柯帆说的，她还有点儿坏、爱玩。她喜欢跟他玩这样的游戏，她只是想让他投降吗？她要的到底是什么？

乔嘉恒摇摇头，说没有。

黄楚言低着头，从口袋里拿出东西。她将手抬到他面前，大拇指按下，打火机点燃。一簇火映在乔嘉恒的眼里，摇摇晃晃，照亮她的脸。

黄楚言说："这是你今晚没吹上的蜡烛。"

"你现在许愿，然后吹灭。"

火在昏暗中晃动着，发出微弱的声音。

乔嘉恒盯着那团火焰看，思绪仿佛也进入这单一的橘红色的光芒中。混乱纠结的情绪渐渐平静下来。

他将眼神挪到光亮后黄楚言的脸上，盯着她的眼睛，自言自语道:"对……我今天还没许愿。"

"现在许吧。"黄楚言笑着,露出雪白的牙齿,一脸期待地看他。

乔嘉恒在她的注视下闭上眼睛,但脑子里却什么都没有。就这样浪费了几秒后,他睁开眼睛。黄楚言还是那副兴致勃勃的表情,眼睛特别亮。

"你许好愿望了?"她问。

他呆滞地点点头。

"吹灭它吧。"

他很听话,跟着她的指示,她跟着他的节奏,松开了大拇指。火灭了,周围一下又变得昏暗。

"希望你的愿望实现。"她这样说。

乔嘉恒的心情很复杂。他应该是开心的,但又觉得不够,胸腔中空荡荡的。他想要抓住一些什么。

这时,黄楚言在黑暗中开口,声音低低的:"我前几天翻到你的日记。你八岁生日的时候,在日记里写的是……"

她突然又按下打火机,火光照亮她的脸庞,那双莹亮的眼睛就这样盯着他。

乔嘉恒被迫回忆八岁的生日愿望,但他的记性没有那么好,想了许久,眼里还是茫然。

黄楚言像是在玩打火机,一下一下地扣动开关,发出咯哒咯哒的声响。

火焰忽明忽灭,她的脸一下出现,一下又消失在黑暗中。

乔嘉恒觉得自己被她掌控，眼前的画面像损坏的电视机屏幕，思绪也卡顿得像是出了bug（错误）。

"你写的是……你想要一个妹妹。"她的嘴唇一开一合。她又凑近他一点儿，声音轻轻的，"我做你的妹妹怎么样？哥哥。"

她不再点亮火苗，周围陷入一阵诡异的安静中。

乔嘉恒重重地呼吸，沙哑着嗓子说："不怎么样。"

黄楚言的声音越来越近，越来越清晰："那你想要什么生日礼物？"

乔嘉恒的嗓子仿佛干涸的土地，他低声地吐出话："你能给我什么？"

他也无意识地和她玩着"不明说"的游戏。他反问，逼对方投降，说出自己想听的答案。

"我说做你妹妹，你又不要。"

"我不需要你这样的妹妹。"

"我是哪样的妹妹？"

"自我、贪玩、好强。"乔嘉恒一点点地数落着，丝毫不留情地说出黄楚言在他心中的缺点。

他原来都知道她"坏"的地方，但还是忍不住靠近她。

"你怎么这么了解我？"黄楚言笑着说，又问，"你想要什么样的妹妹？懂事乖巧的？"

"我不想要妹妹。"

"那你想要什么啊？"

问题又兜转回来了，像是没有终点的循环。

乔嘉恒脑子里的那根弦绷得紧紧的,他有点儿想要投降了。他比不过黄楚言,没那样的耐心和兴致跟她无休止地兜圈子,他筋疲力尽了。

他已经习惯黑暗,能够在黑暗中捕捉到她的身影。

女孩儿离他很近,伸手就能抓住,他也这么做了。

他本想去碰她的手腕,却意外抓到了她的手,反倒吓自己一跳,下意识想着松开。电光石火间,他还是决定捏住她的手指,最后只捏住了手指前段。

她的手指纤细,摸起来有些凉。

黄楚言的呼吸一沉,却也没挣扎,只是放松着,任他捏着。

就这样沉默地捏了一会儿,乔嘉恒的心脏都要跳出来。心跳声扑通扑通的,快得他以为自己要死了。

"我想要……"他的声音很低,只说了这三个字,最关键的名词却没说下去。

乔嘉恒是骄傲的,他从小到大都受人追捧,没做过这样的事,没低过头,没为女孩儿这样心动过。但黄楚言就是来打破他这样规矩的人。

"我想要你。"黄楚言帮他说下去。

她从他的手中抽出自己的手指。

乔嘉恒的心脏猛地一跳。

这时,她朝他再走近一步,伸手去捧他的脸颊。

她微凉的手掌就这样贴在他滚烫的脸上,却没让他更加舒服,反倒是感到煎熬。

黄楚言盯着他看，亮晶晶的双眸里是类似引诱的温柔笑意：“很难吗？你喜欢我这件事很难说出口吗？”

"我想要你。我喜欢你。"乔嘉恒被引导着说出来。

他的眼眶莫名变得湿润，鼻尖也开始发痒。

喜欢一个人，原来会让人想哭。

"我也喜欢你。"黄楚言的手指摩挲着他的脸颊，声音轻轻的。

乔嘉恒这时发现，黄楚言的优点也是自我，是好强，是勇敢。

"你不想要妹妹，我还可以给你祝福，给你拥抱，给你吻，给你喜欢和爱。你还想要什么？"

"够了，这些够了。"乔嘉恒迫不及待地说，"没什么了。"

他冷静下来，压低声音，再次重复：“这些够了。”

他被黄楚言的甜言蜜语砸得晕乎乎的，觉得自己是被捧在掌心的宝贝，哪里还敢有什么要求。

黄楚言往后退了一步，抓起他的手腕，看了一眼手表上的时间，正好十一点五十九分，还有最后一分钟。

"生日快乐，乔嘉恒。"她先是给了他祝福，然后上前拥抱他，结结实实的一个拥抱，双臂将他整个人都抱住，身体贴着身体。

黄楚言像是在抱着一堵僵硬的墙。乔嘉恒直直地站着，没有任何反应。黄楚言却能感受到他的身体有细微的颤动。

按照顺序，下一步，她要给他吻。

她凑上前，在黑暗中踮起脚尖，却发现离他的脸还有一段距离。她本想一气呵成完成，让他有一段印象深刻的生日记忆，但她忘了自己不够高。

她愣在原地,身体僵在半空中。

乔嘉恒果真就像一堵墙,什么都不做。黄楚言甚至听不到他的呼吸声,就在她无奈地想要放弃的时候,她的指尖再次被他握住。

接着,他低下头,滚烫的气息从她的上方压下来。说是铺天盖地有些夸张,但的的确确是被完全侵占。她的视觉、嗅觉,以及触觉,都只能感受到他。

他们接吻了。

黄楚言的手指被他捏着,唇被他吻着,她感觉自己的心脏跳得仿佛要冲出身体。乔嘉恒身上的味道很好闻,嘴唇也是软软的,手掌却很烫,他的体温从她的指尖一直蔓延至全身,小腹和胸口处最烫。

两人不知道该如何结束这个吻。

他们的耳边突然响起下雨的声音,滴滴答答的,砸在对面车棚顶部的铁皮上。接着,雨声越来越大。

他们的吻被雨声打断。

黄楚言别过头,去看外面愈来愈大的雨势,她想起今天早上看的天气预报。

她嘀咕着:"明明天气预报说了今天不会下雨。"

"天气预报有时候不准。"乔嘉恒的声音从她身后传来,嘶哑的,像是渴了很久。

有些事就是会超出预期,跳出轨道。

比如这场突然降临的大雨，以及意外喜欢上对方的他们。

之后，在潮湿的夜幕中，乔嘉恒向黄楚言介绍了好一会儿他的旧自行车。

最后等到黄楚言的衣角都变得潮湿，他们才分别。

回到房间后，黄楚言摸了摸自己滚烫的脸，然后猛地打开窗户，让潮湿的空气扑在脸上。脸上的温度稍微降了一些，混乱的思绪也清晰了一点儿。

她打开手机，发现乔嘉恒给自己发了消息。

他说：早点儿休息。

黄楚言：已经睡了。

他说：明天见。

黄楚言回复：好，晚安。

乔嘉恒对着黄楚言的对话框发了一会儿呆，再抬眼一看时间，发现快凌晨一点了，比他平时休息的时间晚了快一个小时。他很少在十二点后睡觉，但此刻却没有疲惫的感觉。

正当他准备强迫自己放下手机的时候，警到了通知栏的消息，他发现刚下载的手表软件在半小时前给他发了几条警报提示，提醒心跳过快。

他笑了一声，不知道自己原来这样容易激动。

他放下手机，准备休息。

窗外的雨像是奏响的安眠曲，又像是背景音乐，跟着那些画面一起循环播放。

Chapter 05 / 暑假

第二天，下过雨的天空变得干净，空气也很清新。

黄楚言没睡好，做了一个很长很乱的梦，主角是她和乔嘉恒，但具体做了什么事，她记不清了，然后睁开眼睛，脑子里只有昨晚乔嘉恒吹灭打火机火焰时那张看起来很感动的脸。

她看了一眼时间，和平时醒的时间差不多。

黄楚言花了一点儿时间计划今天要做什么，然后推开房间门，发现客厅里除了休息日本应该在家里的黄建阳，还有一位意外之客。

黄建阳坐在沙发的一头看新闻，乔嘉恒坐在沙发的另外一头。他懒懒散散的，真像是待在自己家里了。但黄楚言没记错的话，乔嘉恒根本就没来过几次她家，不知为什么这次他会是一副这么自然的模样。

黄建阳听见黄楚言的声音，像往常那样，让她先去洗漱，然后吃早饭。

黄楚言应下后，先是看了一眼乔嘉恒，才扭头看向餐桌上的早饭。和平时的豆浆包子油条不一样，今天的早餐很西式，是可颂欧包。

似乎是猜到她的疑惑，黄建阳说："嘉恒带来的。"

黄楚言再次看向乔嘉恒。和他对视上后，她笑了一下，朝他点头说："谢谢。"她和他再熟稔也需要在父亲跟前装作不熟，要讲礼貌。

黄建阳满意地挪开眼神。

黄楚言吃早饭的时候，乔嘉恒就一直坐在她家的沙发上。他和黄建阳没什么话讲，却也没有挪屁股离开的迹象。

于是黄楚言又多了解了乔嘉恒一点儿——他的脸皮比她想象中的更厚。

吃饱之后，她按照计划起身去浴室洗头发。

她习惯弯腰洗头发。洗干净之后，她伸手去身后的架子上拿干毛巾，她抓了两下却没摸到毛巾，又稍微往身后退了两步，再挥手，手却突然被人抓住。

那人捏了捏她的手。

她一愣，然后手里被塞进毛巾。

她抓住毛巾后，一边包裹湿发一边用余光去瞥门口的人。

不知道他是什么时候过来的。

黄楚言抬起头，直起身子，看向靠在门框边的乔嘉恒。

他的脸上带着笑容，盯着她因为低头而涨红的脸，却不说话。

黄楚言擦了擦头发，问他："我爸呢？"

"接了一通电话，说我妈让他陪她去买菜，就出去了。"

黄楚言朝他走近。浴室小,她走两步就到了他的面前。浴室的门也不大,他这样的大高个几乎将路堵住。

黄楚言站在他的面前,问:"你怎么一大早就来我家里?"

他没动,也没吭声,盯着她的脸看了一会儿,才说:"不就是因为想见你。"

黄楚言一愣,觉得此刻眼前的乔嘉恒和昨晚那个害羞胆怯、不敢表白的寿星一点儿都不一样。不过这样直白的他也挺让人心动的。

见他没有挪动的意思,她也站在他面前,不紧不慢地擦头发。发尾的水珠随着动作降落在他的手臂上。

乔嘉恒觉得凉,心口处却滚烫。

他们就这么站着,浴室的小窗口都不知窜过了多少趟风。她终于完成手上的事,抬眼看到他的眼睛很亮,带着一点儿笑意。

她问他为什么站在这里不动。

乔嘉恒这才后知后觉地挪开了身体。

她走出去,他跟着。她坐在刚才他坐在沙发上的位置,他在她身边坐下。她看了一眼周围,又站起身。她站起来的时候,顺便将擦头发的毛巾往他身上丢,意思是让他帮他拿一下。

吸了水的毛巾有些沉,乔嘉恒抓住后,一手的潮湿。

黄楚言走到落地窗边,将窗帘全部拉上。光线被阻隔,屋里立刻变得昏暗。

乔嘉恒不知道她要做什么,直到她坐在他的身边,凑过来亲他脸的时候,他才稍微反应过来。

她的胆子很大，整个人都靠在他的身上，轻薄又厚重的呼吸就洒在他的脸侧。她用嘴唇碰了碰他的脸颊，然后在他耳边问："那你现在见到我了，好受点儿了吗？"

乔嘉恒下意识捏紧了毛巾，于是，他的掌心又被弄湿了。他垂下眸子看她，湿漉漉的刘海下，一双眼睛亮得异常，只看一眼，仿佛就会被吸进去。

他移开视线，看向她的鼻尖，然后是嘴唇。

他抿着嘴唇，嘴角微微抽搐了一下，才哑着嗓子问："你不想见我吗？"

黄楚言挑挑眉，实话实说道："我昨晚做梦，满脑子是你，现在倒不是很想了。"

听了这话，乔嘉恒不知道是开心还是难过，但嘴角却压不下来。

初初萌芽的情愫和欲望在隐秘昏暗又温暖的环境下滋生得飞快。像是收到了对方无声的信号，空气中炸开无形无声的火花，不知不觉，他们的嘴唇又贴在了一起。

不是初吻了，但经验依旧有限。

他们吻得没有多深入，呼吸却缠在一起，乱得分不清你我。

黄楚言靠在沙发上喘息，往下面瞥一眼，她捂着嘴笑。

黄楚言笑累了就趴在他身上，小声说："跟你接吻感觉还不错。"

"什么感觉？"

"像在吃什么好吃的东西。"

"什么呢?"乔嘉恒的耳根子发热。

"果冻之类的零食。"黄楚言认真地回答。

乔嘉恒不说话了,用还干燥的那只手去牵她。

但这样暧昧温情的画面并没有持续多久,黄楚言看了一眼时间后起了身。乔嘉恒不自然地松开了她的手,然后又不自然地捏了捏自己的手心。

黄楚言走到落地窗前,将窗帘再次拉开。

屋内旖旎暧昧的气氛被照进来的光芒驱散。

黄楚言站在光里,睨他一眼,问:"你没事做了吗?"

乔嘉恒问她是什么意思。

黄楚言踩着拖鞋回到浴室。在吹风机嗡嗡的声音响起来之前,她从浴室里探出头,说:"就是,你的暑假没有什么安排吗?"

乔嘉恒说:"暑假?我没什么安排。等出成绩,然后报志愿。"

"哦。"黄楚言明显不在意他的回答,走回浴室,开始吹头发。

她只将头发吹了个半干,就走出浴室,没想到乔嘉恒还在客厅里。

她又问:"你不回家了?"

乔嘉恒惊讶地挑眉,听出她是赶他走的意思,但他不想走。

黄楚言又进厨房给自己泡了一杯茶。她端着茶杯,靠在墙边,低头抿了一口茶后,抬眼望向他,问:"你是有很多问题要问我吗?"

乔嘉恒点点头,说:"不多,但是的确有。"

黄楚言看了一眼时间，打算再和他聊一会儿，说："那你说。"

"我们的事……要瞒着父母吗？"

"当然。"黄楚言不假思索地说。

"那平时我们在家里怎么相处？"

"我觉得最好是不要表现得太熟。"

乔嘉恒想，就是要装作他们没有任何关系的意思。

他点点头，算是答应，之后他又问："那要是有人追你，你会怎么说？"

黄楚言笑道："我会说，我有男朋友。"

乔嘉恒对这样的答案还算满意，没再说什么。

黄楚言放下茶杯，然后看了一眼她家的门，说："我收拾一下要出门了。"

"你去哪里？"乔嘉恒问。

"我们班的同学开了一个什么补习班，说是要给高一的学弟学妹补习，拉我过去给他们讲地理。"

"补习班？要补习整个暑假吗？"

"不是，就这一个星期。"

乔嘉恒点点头。然后，他们又没话说了。

黄楚言甩了甩头发，说："我要去换衣服了。"

她的意思是，他可以走了。

乔嘉恒被赶了几次，心情也不算太差。他别扭地看她一眼，起身就要走。

黄楚言又出声："虽然我们要装作不熟，但是你不准和别的女生走太近。"

"听他们说，你人很好。"她盯着他说，"现在不准这么好了。"

乔嘉恒的心情更好了，他挠了挠自己的头，说："好。"

"还有，我的性格很差，别扭得很，睚眦必报。很多时候我嘴上不说，但我会……报复。"

乔嘉恒更心动了，甚至饶有兴趣地问她："怎么报复？"

黄楚言收起笑容，说："你可以试试。"

她就是这样不好驯服，就算趴在你怀里了，都要用自己的利牙对着你，提醒你别放松警惕。

乔嘉恒没敢再逗她，敛起散漫的态度，说自己是开玩笑的。

等他回到201室，他收到黄楚言给他发的消息。

她说：还有，我们这样的关系任何一方都能够随时叫停的。

当这样严肃的话变成黑色的文字出现在眼前时，的确很容易让人冷静下来。乔嘉恒的笑容僵在脸上。

她又说：如果我们分手了，也别闹得太难看。

毕竟我们关系特殊。

哥哥。

乔嘉恒对着输入框删删减减，最后只是回了一条消息：我才不是你哥哥。

隔天，韩梓昕来到补习的地方找黄楚言玩。

补习的地方就在学校附近，领头组织的同学在附近租了一套四居室，分成三个教室，一门副科一个教室。补习室楼下就是学生小吃街，吃喝玩乐一应俱全，来来往往有很多学生。

等黄楚言给学弟学妹们上完地理课后，韩梓昕就拉着她去小吃街上的刨冰店吃沙冰。

今天气温高，沥青柏油路被阳光炙烤出难闻的气味。韩梓昕撑开伞，遮着黄楚言，快步在街上走。黄楚言本来低头在整理自己的衣服，突然，韩梓昕慢下脚步，动作也莫名变得僵硬。黄楚言抬起头，一脸疑惑地顺着韩梓昕的视线看过去，发现了意料之外的人。

昨天还跟她说暑期没什么安排的人，此刻正和好几个同学并肩走在学生街上。离他最近的是一个女同学，两个人看起来很熟络，正聊得起劲。黄楚言忍不住向他们多看了两眼。

韩梓昕比她紧张，似乎是记得她喜欢乔嘉恒的事。在距离他们三米的地方，她就已经身体僵硬得不行，挽着黄楚言的手突然收紧，捏紧了她的手腕。

黄楚言镇定自若，然后在和乔嘉恒擦肩而过的时候，轻咻了一声。

她的心眼真不大，尤其在自己喜欢的东西上，占有欲更是明显。

擦肩而过后，韩梓昕激动地问黄楚言："刚才你们就离了十厘米远吧？心脏是不是扑通扑通跳得厉害？"

黄楚言笑道："的确有点儿。"

韩梓昕伸手就要去摸她的左胸，闹着要感受她的心跳。

黄楚言反抗，在和她打闹的时候，余光瞥到身后的人。

乔嘉恒也正在偷看她。

两人的眼神对上，但黄楚言不怎么想给他好脸色，瞪了他一眼后，拉着韩梓昕离开了。

傍晚，乔嘉恒到了家楼下，发现黄楚言比他早到家。

她就站在楼梯边发呆，似乎在想些什么事。

乔嘉恒猜她在等他，加快脚步跑过去。

黄楚言果然抬起眼，不过只是看了他一眼，便一言不发地往楼梯后面走了进去。

乔嘉恒一声不吭也跟了进去，心脏扑通扑通跳得飞快。

这个原本阴暗、狭小的空间对他们来说已经换了一种意义，是定情的地点，也是能够亲热的秘密基地。

两人都隐入黑暗后，乔嘉恒的手腕被她握住，她将他往前一扯，逼迫他靠近墙面。

在黑暗中，乔嘉恒变得更加敏感，他听见的声音和感受到的呼吸都比往常更加清晰。

他的腿被东西硌到，再往后退，他的屁股碰到自行车坚硬的后座。

黄楚言将他往下按，他坐到了自行车的后座上。

他仰望着她，呼吸加重。在阴暗中，他看清她瘦削的身形，周边仿佛被镀上一层薄薄的光亮。

他看向她的眼睛，问她怎么了。

黄楚言握着他的手，说："没事，我就是有点儿想你。"

乔嘉恒反握住她的手,有一下没一下地用力捏着她的指尖。

她用另外一只手去摸他的脸颊,手指滑到下巴,将他有些发热的脸庞抬起来,然后低头亲他。

两人的呼吸都加重,黄楚言占据主导地位,甚至试探性地加深这个吻。乔嘉恒的身体僵了一瞬才回应她。

但黄楚言很快就觉得满足,她捏着他的下巴,主动往后退。

她的手指擦过他湿漉漉的嘴唇,低声问:"你下午怎么那么看我?"

"就是听见你笑了,我想看看你为什么那么开心。"

黄楚言说:"同学知道我喜欢你,所以一直在逗我。"

"你跟那么多人说了你喜欢我?"乔嘉恒的声音有点沙哑。他像是觉得意外,细细听,似乎还觉得感动。

"对啊,我就是很喜欢你。"黄楚言承认。

"但是没人知道我喜欢你。"乔嘉恒这样说。

"我知道就好了。"黄楚言的语气柔软得像棉花,声音甜得像糖。乔嘉恒被迷得晕乎乎的。接着,她的吻又像雨一样落下来,有时候重,有时候轻,砸在他的额头、眼皮、鼻尖,还有嘴唇上。

少年血气方刚,欲和雨一样,来得急又快。

当他的喉结不停颤抖,体温升高的时候,女孩儿突然笑了一声,然后往后面退了一步,拿起手机的手电筒照着他的脸庞。

刺眼的光像是什么审讯工具,他通红的脸颊直白地袒露在这强光中。他闭上眼睛,一瞬间有点儿蒙,之后又觉得无奈,再睁开眼时，眼角已经泛了泪。他看着她的脸，笑着问她怎么了。

黄楚言将手电筒挪开。

他问："你到底怎么了？"

黄楚言放下手机，关了手电筒，说："没什么，我就是报复你一下。"

"什么意思？"

"今天下午你和那个女生走得有些近了，我不开心，所以这是我给你的报复。"

乔嘉恒回忆了一下，终于知道她在说什么。他刚想解释，又听见黄楚言说："不过我下次不打算这么报复你了。"

他不慌张，也不恼怒。

她本想弄得他方寸大乱，然后再欣欣然离开，留他一人在原地难受。

但目前看来，他倒是如鱼得水，开心得很。

她倒是吃力不讨好，憋着一股气发泄不出去。

"我知道了。"他握住她的手，说，"下次不会了。"

黄楚言也没想到自己这么好哄。他这么说两句，她胸中的气就泄了。

也有可能是，她自己也被亲蒙了？她没想明白。

总之，这场报复的结局是，她又被他抓着亲了好一会儿。

暑假刚开始，黄楚言就忙着给学弟学妹补习的事，白天上课，晚上还要备课，每天忙得脚不着地。乔嘉恒知道她忙，也没怎么打扰她。

终于，他等来了她给学弟学妹们上的最后一节课。他想着，兼职结束，黄楚言终于能下来陪他了。可好不容易熬过了这两周，他却在当天晚上得到了黄楚言第二天就要离家的消息，还是乔芝琳告诉他的。

他回家后，他妈正在厨房里准备晚饭，顺便问他暑假安排是什么。

"我没什么安排，就等着出成绩，然后填报志愿。"

如果是以前，他可能会和朋友出去玩几天再回来。但这个暑假，他早就想好了，什么都不干，就和黄楚言玩。毕竟，她已经很久没跟他玩了。

他脑中想着黄楚言，乔芝琳说的也是她。

"你要一个暑假都宅在家里？楚言明天就要走了。"

"走？去哪里？"他连问两个问题。

"好像是去她妈妈那里吧。我听你黄叔叔说的，好像很久之前就定好了。她每年暑假都会去她妈妈那里玩，之前有个暑假，她妈食言没回国，楚言还生气了好久。"

"去多久呢？"他问。

"挺久的吧，我听你黄叔叔说，接下来的时间她都会在她妈妈那里？"

黄楚言收拾行李用了一个多小时，打开手机便发现乔嘉恒一个小时前给她发了消息，说是有事要问她。

黄楚言问：又去看自行车？

乔嘉恒几乎下一秒就回复：就那里见吧。

黄楚言：好，我也正好有事要和你说。

黄楚言立马就下楼了。她本以为乔嘉恒会比她晚到，但她还没钻进黑暗里，就看到乔嘉恒露在皎洁月光下的腿。

他比她到得早，正坐在自行车的后座上，低着头，不知在想什么。

黄楚言知道这段时间和他见面少，他会闹脾气，而且她也的确想他，所以她便比往日更加热情些，就黏着他坐在自行车的座垫上。

她坐的位置稍微比他高一点儿，但两人有身高差，她伸出去的腿还是没他够得远。

"你要和我说什么？"乔嘉恒扭头看她，目光灼灼。

这看得黄楚言后脖颈都沁出汗来。

她不说话，只是盯着他，然后凑过去亲了他一下。

呼吸缠着呼吸，嘴唇贴着嘴唇，柔软又温热。

她的嘴唇蹭着他，说出的话都变得黏糊，一个字一个字往乔嘉恒的心里钻。

她说："我想你。"

乔嘉恒的心一缩，几乎被她蛊惑，但最后他还是用尽全力让自己侧了侧头。

吻偏了。黄楚言的动作一僵。

黄楚言往后退，在黑暗中盯着他毫无表情的脸，问："你怎么了？"

乔嘉恒想，她竟然不知道他为什么会这样吗？

"你明天是不是要走？"

"对，我就是来和你说这件事的。"

乔嘉恒不吭声了，他想，黄楚言就是这么狠心冷血，想要用接吻这种小把戏来迷惑他。她带给他的失落怎么能用一个吻就轻飘飘地抵消？

"你不开心啊？因为我明天要走？"黄楚言问。

乔嘉恒还是不说话。

他很少有这样闹别扭的时候，和别人交往时他总是大方的，任何想法都是直说。他认为没必要把想法憋在心里，和对方玩什么猜来猜去的游戏。但在黄楚言面前，他却总是忍不住这样，他莫名有很强的自尊心，可能是因为知道自己的自尊很容易被她摧毁。

"为什么不开心？我很开心。"黄楚言继续说。她的声音轻轻的，像在抚慰他。

"乔嘉恒，我很开心，希望你也和我一样开心。"

乔嘉恒的呼吸微顿。那种别扭，绞在一起的情绪变得更加复杂。

他放在膝盖上的手被她握住。

"我要回去见妈妈了。"黄楚言小声说。

这一刻，乔嘉恒才觉得黄楚言真是聪明，又坏。

轻柔的言语啊，吻啊，这些拙劣的讨好技巧，只是她送给他的前菜。现在，她说出口的带着真挚情绪的话才是她用来对付他的撒手锏。

她这样憧憬，真诚，他怎么可能会再生气？甚至，他有一瞬间觉得是自己在无理取闹。

她不过是想去见母亲，他在这里悲伤难过想要讨安慰是要做什么，是想要拖住她去见母亲的脚步吗？

他轻哧一声，有些无奈，却也很没出息地被她哄好了。

黄楚言见他终于说话，就知道这种以情动人的方法成功了。

她再接再厉，握紧他的手，语气也高昂了一些："我明天就能见到妈妈了，还有我表姐表弟。他们平时都在国外，就只有暑假的时候会回来一趟。"

乔嘉恒慢慢地反握住她的手，然后安静地听她说。

他像是听进她说的话了，又仿佛什么都没听进去。

他只是看着黄楚言的脸，然后在想，她真的很迷人。

黄楚言一反常态，絮絮叨叨和他说了很多。她和他说之前夏天的故事，说和表姐一起做了什么有意思的事……她的心情很不错，讲故事时语气生动，嘴角扬着，连眼睛都在发光。

如果你问乔嘉恒，黄楚言有什么好的？

他会说：这种时候最好。

沉浸在自己的世界中，骄傲自我的黄楚言特别有魅力。

他被她迷得七荤八素，恨不得把自己献上去，怎么会再生气。

当黄楚言说起那个她和表姐一起在山上露营看星星的夜晚时，一直只是安静听她说话的乔嘉恒突然有了动作。

他一只手握着她的手,另一只手抬起她的下巴,扳过她的脸,然后亲她。

"刚才没亲到的。"他说的是刚才偏了的那个吻。

时间已经不早,两人分开前,黄楚言抱着他,在他耳边低声说:"暑假快乐。"

"夏天顺利。"

第二天,黄楚言果然消失在这幢楼里。

没有黄楚言的夏天,对乔嘉恒来说算不上顺利,但也没什么大麻烦。

这个夏天平淡无奇,跟过去的每一个夏天都一样,除了他偶尔无法平复下来的焦躁情绪。

某些时刻,他会特别想见黄楚言,尤其是在联系不上她的时候。但只要回想起她和他说的那些有趣的夏天回忆,他又会稍微平静下来。

如果她是在忙着那样幸福地生活,他可以忍受这种难耐的滋味。

这天,他又很不幸地联系不上黄楚言。昨晚他给她发的消息,她到中午都还没回复。

吃过午饭后,他出门找朋友玩。天气热,室外活动只能取消。最后他们去了上次去的桌游馆,没想到又在那里碰见了沈柯帆。

沈柯帆一见到乔嘉恒,上来就是一副熟稔的模样,一口一个"哥们",十分殷切。

乔嘉恒和他虽然不熟,但也朝他露了几个笑脸。

一是他同情沈柯帆之前被黄楚言捉弄;二是他觉得自己能和黄楚言在一起少不了对方的帮忙;三是他想要从对方嘴里套出一些黄楚言在三中的事。

沈柯帆坐在乔嘉恒的身边,问他:"最近怎么样了?"

乔嘉恒装傻,说:"什么?学习吗?"

"黄楚言。"沈柯帆想了想,说,"不过她应该只在你身边绕了一小段时间,就没再找你了吧?她这人就这样,三分钟热度,上头的时候经常出现在你的眼前,没几天就跟你玩失联,然后就啪的一下,完全从你的世界里消失。"

乔嘉恒皱着眉,没说话,他想了一会儿后,才问:"她以前就这么对你?"

"嗯……突然消失了,也是放了一个寒假,就像现在一样,怎么都联系不上。开学的时候我才知道她转学了!"

乔嘉恒莫名想起这几日自己联系不上黄楚言的境遇,和沈柯帆口中的话很是契合。他的手心莫名出了汗,心情也变得焦虑。

于是,沈柯帆也不知自己是怎么惹到乔嘉恒了,他不再给自己好脸色,玩游戏的时候也逮着他攻击,玩得他差点儿脸上挂不住。不过沈柯帆最会安慰自己,输了就挠挠头,让这件事过去了。

散场的时候,朋友们都纷纷离开。

夏日黄昏,临近饭点,街上没什么人了。乔嘉恒站在路边,拿出手机看。已经将近十八个小时了,他依旧没有收到黄楚言的回复。他想起沈柯帆说的话,拿起手机打字,话删删减减了半天,在即将发送的最后一刻,他又关上手机,强迫自己不再想这件事。

他不是不骄傲,自尊心在彷徨脆弱的时候莫名放大。

他想念黄楚言,但也想让黄楚言想念他,所以他要藏起自己的思念。

在天色完全黑掉之前,他回到家里,发现乔芝琳没在家。

他想起来了,今天出门前,他妈的确说过今天会和黄叔叔出去,让他晚上自己解决晚饭。但他没什么食欲,进浴室洗了个澡后就倒在床上玩游戏,不知不觉竟然睡着了,后来是乔芝琳将他叫醒。

母亲的表情很是微妙,似乎有些焦虑紧张。

她问他晚饭吃了什么。

乔嘉恒哑着嗓子说没吃。

乔芝琳立刻去厨房给他下了一碗面。

母子二人面对面坐在餐桌边上。乔嘉恒低头吃面的时候,听见乔芝琳犹豫的声音。

他后来想,糟糕的事似乎总喜欢接连出现。

乔芝琳说:"你说,我跟你黄叔叔结婚怎么样?"

黄楚言今天被表姐柳弥拉去看日出。

前一天晚上,她很早就被柳弥催促入睡,第二天又在天亮之前被叫醒。她迷迷糊糊,忙上忙下,根本没空看手机。

其间,她其实也瞥到了乔嘉恒发的消息,但她实在太累了,想着有空了再回。没想到,看完日出之后,她几乎累趴。柳弥却精力四射,又说要在山上露营,让她生柴火,做早餐,弄得她筋疲力尽。

中午,她们终于驱车下山。黄楚言在车上昏睡,下了车后,她又直奔大床,一觉睡到晚上八点才醒过来。

她醒来的时候,柳弥坐在床边,正往自己的脚上涂薄荷绿色的美甲油。

她问:"你醒了?"

指甲油呛人的味道让黄楚言稍微清醒了一点儿,她哑着声音说:"嗯。"

"你的手机一直在亮屏,是不是有人有急事找你?"柳弥瞥向黄楚言放在桌上的手机。

黄楚言抓起手机,想起自己忘记回乔嘉恒的消息。刚将锁屏解开,顶端的通知栏即刻跳出消息——就是乔嘉恒找她。

黄楚言坐在床上,将他发过来的消息一条条看完,回复的第一句话是:怎么了?

乔嘉恒说:我现在想见你。我可以去找你吗?

其实他刚才发的好几条消息,说的也是同样的意思,问她在干吗,怎么一直不回消息。然后说自己难过,很久没见她了,想她,他说想见她。

黄楚言的第一反应是不方便，想拒绝，但手指无意识地在屏幕上滑了两下，一连串的消息都在昭示着乔嘉恒的反常。她的心稍稍抽了一下。

好，你来吧，我们见面说。

黄楚言将她所在的地址发给他。

他们离得其实不算远。妈妈和舅舅一家人平时都在国外，但他们在国内的住所就位于这座城市的富人区，离市区有段距离，靠山。

之前乔嘉恒知道两人离得不远后，开心了一阵，和黄楚言聊天的时候，话里话外说的都是想要和她见面。但她忙着陷入母亲的怀抱，忙着和表姐聊天，狠心当作看不懂，只说自己每天都被表姐拉着出去玩，很忙，没空。

眼下她却再也没办法装傻了。

黄楚言约他在离这里最近的商场见面。

乔嘉恒说很快就来。

她放下手机，对柳弥说自己要出门。

柳弥见她起床洗漱，梳头发，还喷了香水，低声问："见男朋友啊？"

黄楚言回头看她，她的脚丫子晾在空中，像是在调侃自己。

黄楚言不会瞒着她，直接承认："嗯。"

柳弥的脸上露出虚伪的惊讶表情，眼里却又没意外，她笑着说："我以为你真像你妈说的那样呢，乖乖女。"

黄楚言从柳弥的化妆包里挑拣适合的口红，边涂边说："我学你的。"

黄楚言从小就被夸优秀，但她的上面还压着一个更优秀的柳弥。

柳弥成绩好，积极上进，能歌善舞，德智体美劳全面发展，是黄楚言妈妈口中的完美女孩儿。黄楚言妈妈从小就让她向柳弥学习，她很听话。

她学习柳弥明面上的积极上进，也学习她背地里的早熟多情。

今年暑假，黄楚言一来到柳家，她妈便告诉她，柳弥找了一个很不错的男朋友。但她妈不知道的是，在柳弥谈到眼下这个优质男性之前，已经有过几段恋情了。

关键是，这几年来，黄楚言见到姐姐的男朋友都不是同一个人。

舅舅和舅妈的涵养高，见过形形色色的人，也能包容很多观点，但在教育女儿上，他们却十分传统。他们不许柳弥早恋，希望柳弥成熟后再去触碰危险的爱情。

如今柳弥已经大学毕业，才敢将自己的男友介绍给家里人认识。

柳家人对她那个一表人才又家底殷实的男友还算满意，并没有提出什么意见，甚至对她说："你第一次谈恋爱，如果在情感上有什么问题，也可以提出来，让长辈听听。"

柳弥在大人面前笑得羞涩尴尬，说："好。"

黄楚言倒是听得耳朵痒痒。

柳弥问她:"我让你学谈恋爱了?"

黄楚言说:"我什么都学。"

因为是夏天,黄楚言换了一件更薄的衣服,搭配热裤。

将近晚上九点,长辈们都回房里休息了。黄楚言不需要报备就能偷溜出去,而且她还有柳弥这个挡箭牌。

小时候,黄楚言帮她掩护,现在该轮到她了。

黄楚言看了一眼时间,踩着洞洞鞋准备出门。

柳弥在她的身后突然出声,然后将自己的一件薄外套递给她,说:"夜里凉,你还是穿上它吧。"

黄楚言随意套上外套,没注意到柳弥眼里藏不住的淡淡揶揄。

Chapter 06 / 自私

当视野前方出现乔嘉恒高大的背影时,黄楚言才意识到自己已经有一段时间没见到他了。胸膛里加快的心跳在告诉她,她比想象中更加喜欢乔嘉恒,只是看着他的背影,身体就做出雀跃的反应,比今早看到初升的太阳还要兴奋。

她三步并作两步上前,拍了他的右肩,然后出现在他的左肩边。

乔嘉恒猜到她的把戏,直接转向左边,望向她。

黄楚言看到他的脸就知道事情不对劲儿,手机屏幕上的焦虑文字比不上眼前这张带着悲伤情绪的脸。它带给她的影响可比那几句"我现在想见你""我可以去找你吗"来得大。

她在拂来的凉风中问他发生了什么事。

乔嘉恒抱住她。

黄楚言以为他有千言万语要说,但最后他只是抱着她深吸了几口气,然后说:"没什么,我只是心情有点儿不好,想要找你玩儿。"

陪玩儿啊。黄楚言觉得这件事不难。

但她觉得逗人开心这件事有点儿难。

果然，乔嘉恒全程没说什么话，只是跟着黄楚言。她让他做什么他就做什么，乖巧温顺，但是兴致缺乏，身体跟着玩乐，灵魂却依旧被情绪束缚。

黄楚言看着他强笑的表情，心想，她果然不会哄人。

她其实想要问他到底在忧愁什么，从源头上解决问题，但知道他不会轻易说出口，所以也只能作罢。思来想去，她决定用她解决愁思的方法来帮助乔嘉恒短暂地麻痹情绪，忘却烦恼。

她拉着他到人少的角落。在商场巨大建筑物的背面，这里没什么人，只有幽幽的几盏路灯照亮周遭的环境。

黄楚言问他要不要吃口香糖。

乔嘉恒摇头，黄楚言晃了晃脑袋，往自己嘴里扔了一粒口香糖，然后望着远处出神。

她好像剪短了头发，额前的刘海儿被风吹动，露出光洁的额头。

他的视线将她的五官逡巡了一遍，最后回到她的眼睛上，明亮，坚毅，似乎永远不会被撼动。

乔嘉恒望着她的侧脸出神。

他是为了这样的女孩儿所以拒绝了母亲的提议吗？

他那样自私的决定是正确的吗？

来找她的这一路上，他都在想这个问题——他的拒绝是正确的吗？他的自私是值得被原谅的吗？他可以为了自己和黄楚言之间这段称不上成熟的关系，而去阻止母亲和黄叔叔继续发展吗？他这样做，到底是不是对的？

他想起刚才在餐桌上，母亲被他拒绝后闪烁的眼睛和翕动的鼻唇。

他一直都是懂事的，从未忤逆过母亲。或者说，他和乔芝琳是互相包容的，他们爱惜着对方。乔芝琳不爱给他施加压力，他也自觉地做好学生以及儿子的本分。

但今晚，就在刚才，他却很明确地反驳了乔芝琳的请求。

天知道他有多恐惧，心脏狂跳，呼吸加快，脑子乱糟糟的，塞满了各式各样的画面……最后，他想起他和黄楚言第一次见面的情形。他们坐在酒店的饭桌前，面对面，离得近，却又十分尴尬。他们无法多说一句话，多看对方一眼都觉得别扭。

他不想再回到那样的场景，和她经历那样的境遇。他不想做她的哥哥，他这么喜欢她，怎么能做她的哥哥。

他出门的时候，母亲拦了他一下，问他去哪里，她还说："你如果觉得这个提议不好，我以后就不说了。这么晚了，你别出去了吧。"

但乔嘉恒还是出去了，留下那碗没吃完的面，以及有些慌乱的母亲。

他现在想想，觉得自己真是自私到可怕的人。

黄楚言见他一直不说话，伸手在他眼前挥了挥。

他回过神来，发现黄楚言正在笑。黄楚言很少这样笑。

扑面而来的就是她的吻。

她亲他的嘴,然后抱着他的脖子,将唇印在他湿漉漉的眼角处,气息温热。

身体好像被这样的泪和吻洗涤了一遍,不知为何,他觉得心里舒畅了一些。

她后退一些,看着他的眼睛,说:"我今天去看日出了。虽然很累,忙得没空回你的消息,但我真的很开心。"

她似乎想像那天一样,用自己愉快的心情感染他,将她的快乐传递给他。

乔嘉恒眨了眨眼,问:"还有吗?"

见他感兴趣,黄楚言起了劲,继续说:"昨天我们去游泳了。我们在泳池里玩找东西的游戏,表弟太笨,是最后一名。"

两人坐在石板凳上,在夏夜里,在晚风中,聊遍了这段时间发生的趣事。

压在乔嘉恒心头的乌云慢慢散开,他也无意识地勾了勾嘴角。

不知过了多久,商场彻底熄灯。周围发着微弱光芒的路灯也突然熄灭。

黄楚言在黑暗中问他是不是该回去了。

然后她听见乔嘉恒的声音:"今晚你能不能陪我玩?"

他想任性到底。

乔嘉恒前段时间过了生日,已经满了十九周岁,所以在酒店开房间的过程还算顺畅。

"酒店""开房"这样的词语对两人来说稍微过火。黄楚言一开始没什么感觉，但当两人真正独处在一个暧昧的空间里时，她的手心莫名出了汗。

乔嘉恒更是奇怪，手脚都不知放哪里。他一会儿坐在床边，一会儿坐到沙发上，和她对视后又一瞬间分开，最后，他在这样焦躁的状态下起身，说自己要去洗澡。

黄楚言点点头，坐在床边看他。

房间内没开大灯，只有玄关处的顶灯和床头灯亮着，于是周围环境幽暗，氛围旖旎。黄楚言那清澈的眼神也被染上了类似柔情的东西。

乔嘉恒在这样的眼神中，同手同脚地进了浴室。

乔嘉恒傍晚在家里睡了一觉，出门的时候换了一身干净的衣服，但夏天气温高，他坐计程车来这里的路上，身上还是出了一点儿汗。

而且他进浴室并不只是为了洗澡，他想让自己的脑子清醒一点儿。

花洒喷出的水流从他的皮肤上淌过。他冲了冲自己的身体，然后多挤了一些沐浴乳，将自己的身体涂满，再用水流冲洗干净。手上动作的时候，他脑子里想的是别的事，想得浑身热乎乎的，心脏也像是上了发条，扑通扑通地跳个不停。

不知洗了多久，他终于关掉花洒。

擦干净水渍后，他重新穿上衣服，对着镜子里的自己端详了一会儿，又深吸两口气后，才走出浴室。

他走出浴室才发现刚才坐在床边的人转移了阵地。她坐在茶几边的椅子上,边给手机充电边玩手机。

黄楚言听到动静后,抬头看他。

不知是不是因为他紧张的眼神躲闪,她突然觉得一米八几的乔嘉恒看起来比以前更矮一些。

她关上和柳弥的聊天界面,把手机攥在手里,起身说:"那我也去刷个牙,洗洗脸。"

她刚才在家里洗过澡才来和他见面的,她担心再洗一遍,身上的香水味散得太快。

进了浴室后,皮肤被湿气黏着,呼吸也莫名变得不畅快,胸口像是被堵住,她大口大口地呼吸。

柳弥又给她发来消息,她打开看,是柳弥给她传授经验。

黄楚言回复:我会自己看着办的!

柳弥:期待你的好消息。

黄楚言关了手机,看向镜子里的自己。水汽铺满整面镜子,于是自己的脸变得模糊,但依旧能看出耳朵的颜色比脸更红些。

她小时候就幻想憧憬过恋爱。

幸运的是,她看上了乔嘉恒,也让乔嘉恒爱上了自己。

目前为止,她对和他的恋爱很是满意。她喜欢他,喜欢他的外貌,喜欢他的性格,当然,也喜欢他的身体。

她想,如果发生点儿什么,似乎也是应该的。她可以接受,因为对方是乔嘉恒。

洗漱好后,她出了门,发现乔嘉恒站着,像她刚才那样,在给手机充电。但明明床头边上也有充电的地方。他和她一样,不敢靠近床，仿佛床上有会吞噬一切的黑洞，吸走他们的正直和理性。

黄楚言觉得眼下的情况有些可笑，太过扭捏，于是事态变得模糊暧昧，而她喜欢坦诚、干净。她直接爬上房间里唯一的床，然后看向站在房间角落里的乔嘉恒，问："你不睡觉吗？"

乔嘉恒的思绪发散了两秒，说："等下……就来。"

黄楚言盯着他，眼里是明晃晃的笑意，语气都俏皮了："快点儿。"

乔嘉恒走到床边，还故作矜持地去找另外一床被子。但这样的伪装一下就被黄楚言打破，她说："一床被子就够了。"

乔嘉恒回头看她，说："不好吧？"

黄楚言盯着他呆滞的眸子看了一会儿，说："哦。"说完她就翻过身，像是生气了不管他的样子。

现在的乔嘉恒哪里能够理智思考，他看着她的后脑勺，脑子一热，就小心翼翼地掀开被子，钻进了被窝里。

被子里有一股香气，肯定不是酒店被子的味道，是女孩儿身上的味道。

黄楚言掀起眼皮，看到他湿漉漉的眼睛里闪着碎光，还有自己模糊的倒影。

他深情地望着她。

她的心脏狂跳，浑身开始发热，自然而然地，她将手往下移。

下一秒，他那迷离的眼睛却突然有了焦点。

他倒吸着气，握住她的手，稍微往后面退了退，说："别。"

又被拒绝。

黄楚言问他怎么了。

"这样不好。"

"怎么不好？"

乔嘉恒躲开她的眼神，蓦然觉得自己说这种话也很虚伪。

"我们稍微，等等吧……"

黄楚言在昏暗中盯着他看了一会儿，最后轻声说："好，是你自己要当柳下惠的。"

乔嘉恒以为她要生气，没想到她继续说："我们今晚什么都不干。"

乔嘉恒不自觉地吞咽一下口水。

黄楚言笑出声，然后突然握住他屈着的膝盖。

他闷哼一声，差点儿滚下床。

黄楚言本想逗逗他，没想到他的反应这样大。她扑哧一声笑出来，然后伸出另一只手去搂他的腰，担心他真从床上滚下去。

乔嘉恒缓了缓呼吸后，不动声色地挪了挪自己的身体。

黄楚言的手还在他的膝盖上。她瞥了他一眼后，手慢慢往上移动。

乔嘉恒的心越提越高，他总觉得应该阻止她，又似乎不到那个时机，但还没等到他出手，她就停止了向上的动作。

她小心翼翼地抚摸他的腿上那一块凹下去的皮肤，面积不算小，像是被剜了一块肉下来。

她抬眼看乔嘉恒，小声问他是怎么回事。

乔嘉恒握着她的手腕，沉吟了一会儿。他像是不好意思谈起，又或者是觉得说来话长。

黄楚言没催他，静静地等着。

"没什么……就是小时候，周末不上课，我妈去街边摆摊卖小饰品的时候也会带上我。那天晚上，我们收摊回家。她骑电动车，我坐在后座，托举着摆装饰品的那块板子。但那天雨下得很大，我们还忘记带雨衣了。可能是因为担心卖的东西被淋湿，所以我妈就开得有点儿快，后来就不小心摔倒了。我摔到地上，不记得被什么尖锐的东西割到了腿，流了一点儿血。"

"这怎么可能是只流了一点儿血？"黄楚言反问，她的声音轻柔，说的是质疑的话，语气却饱含心疼。

乔嘉恒笑着说："我真的不记得了，那时候太小了。"

"嗯，我猜你也记不清楚。"黄楚言继续抚摸那个小坑。

声音从乔嘉恒的胸膛处传来，她继续说下去："阿姨怎么可能是因为担心卖的东西被淋湿才开车那么快，她应该是怕你淋湿感冒吧？"

黄楚言纠正了他的记忆。

乔嘉恒顿住了，心脏突然酥酥麻麻地，泛起疼来。不等他说话，黄楚言又说："你跟阿姨以前肯定很辛苦。"

她知道自己不擅长安慰人，说来说去，也只是陈述一些发生过的事。但她忍不住说，她不可能就这样看着乔嘉恒伤心，情绪低落下去。

她抱住他的身体，没想再逗他，只是用力地将他抱紧。

"你跟阿姨都很好。如果我们小时候就能碰见，我会掏出我的零花钱买你和阿姨的东西的。"说到这里，黄楚言觉得有些羞赧，她用这种假设法去穿越时空来安慰当下的人，天马行空，又似乎无济于事。于是她将眼前的人再抱紧，"但是都已经过去了。"

不知过了多久，头顶才传来乔嘉恒的声音："嗯，都已经过去了。"

他们不再说话，只拥抱着彼此。话说到这里，两人都没了旖旎的心思。情绪平稳下来，平静得像是一片湖泊。

黄楚言在他沉稳有力的心跳声中慢慢进入睡眠，不过在她意识模糊的时候，乔嘉恒好像说话了。她听到了，但没听清，也没力气去深究了。

乔嘉恒在听见她均匀的呼吸声后，又重复了一遍他刚才说的话："你要特别特别喜欢我，这样才对得起我的自私。"

黄楚言醒来的时候，房间里弥漫着早餐的香气。

她睁开眼睛，发现乔嘉恒坐在不远处的沙发上出神。他脸上干净，一点儿都不水肿，眼神也清明，似乎醒了一段时间了。

他像是在想什么很严肃的事，脸上的表情凝重，眉头都微皱着。

见她醒了，他看向她，喊她起来吃饭，说自己已经买好了早餐，趁现在还热乎，赶紧起来吃。

黄楚言洗漱过后，坐在餐桌前，问他："你不吃吗？"

"我吃过了。"其实他是没什么胃口。

黄楚言点点头，继续进食。差不多吃饱的时候，她又问他："今天还要我陪你玩吗？"

乔嘉恒笑了一下，但眼里没什么喜悦，说："不用，等你吃完，我送你回去，我也回去了。"

"哦，对。你昨晚住在外面，阿姨没说什么吗？"

乔嘉恒摇摇头，说："我说我跟朋友在一起，她没问什么。"

听完，黄楚言也没多说，只是依稀觉得陪玩这件事她干得差劲。

乔嘉恒似乎没有开心多少呢。

乔嘉恒将她送到小区门口后，就直接坐着计程车回去了。

黄楚言对着车尾摆了摆手，也不知道他看没看见。她站在原地，直到车尾完全消失在她的视野里。

清晨的阳光照在宽广的大路上，将黄楚言的影子拉得长长的。夏天的蝉鸣从早上就开始作响，吵闹不停，听得她心慌慌的。她转过身，摸了摸自己的胸膛，想要将心慌的感觉压下。

之前他们一直没见面，便觉得想念只到"一般"的程度。如今见了又分开，她真是有点儿舍不得了。

乔嘉恒到家的时候大概是早上十点。

本应该去机构上班的乔芝琳却还在家里。见他回来了，她上前一步，问他昨晚睡在哪个朋友家。

乔嘉恒一愣，然后随口说了一个名字。

乔芝琳想要的不是这个同学的名字，她只是想和他说上话。目标达成之后，她的表情稍微松弛了一些，但也只是一点儿，微皱的眉头依旧透露出她的愁思。

乔嘉恒当然看得出母亲和往常的不同，但他不知道该说些什么，留下一句"我再去睡一会儿"就想进房间。他往前走了两步后，突然听见乔芝琳开口。

"你要相信，你对妈妈来说永远是最重要的。"

乔嘉恒顿住了，他想要回应，但又觉得羞耻。他说不出"他也一样"的谎话。

毕竟，昨晚他就做出了选择，他自私地选择了自己的欲望。

沉默了几秒后，他说："我知道的，妈妈。"

这几日天气热，黄楚言就和柳弥待在家里消暑。长辈们也不怎么出门了，闲了就在棋牌室里打麻将。家里变得热闹，相处的时间增多，口角也会变多。

不过柳家人几乎把"要体面"当作家规，最多也只是铁青着脸拌两句嘴，不可能让争吵的声音出现在家中。至少，黄楚言从没见过舅舅一家人吵架，更别说是打骂孩子了。后来她想想，可能是因为她这个外人在家里。

不知是不是因为天气太热，黄楚言发现除了乔嘉恒，她爸黄建阳也变得怪怪的。具体表现在，这几天他经常发消息给她，都是问些无足轻重的小事。比如起床了没，今天午饭吃了什么……

黄楚言总觉得他还有什么要紧事要说，但等她回答了那些无意义的问题之后，她爸又会消失。过几个小时后，他再来问她相似的问题。

终于，这样奇怪的对话进行了三天，然后黄建阳问了重要的事："你打算什么时候回来？"

黄楚言以前也应付过这样的问题。她像是资源一样被爸妈争来抢去。虽然她早就和黄健阳说好了回去的日子，但还没到时间，他就提前询问她。

过去，黄楚言总会说："不是说好了吗，我会在那天回去的。"

黄建阳也早就习惯她这样的话，但即使知道她会说出这样的答案，第二年，他也会像是忘记了，再问一遍。

今年，还不等黄楚言回复他，他又说："我好像生病了，你可能得提早回来。"

黄楚言一愣，问他是什么病，有没有去医院检查。

黄建阳说不是什么大病，只是希望她早点儿回来。

黄楚言没给出确切的答案，只是让他先好好照顾身体，不舒服一定要去医院看病。

虽然有些奇怪，但黄楚言知道黄建阳能这么说，就证明他的身体应该没什么大毛病，何况，现在楼下还住着乔阿姨。她思来想去，都觉得自己回去对他的病应该没什么帮助——她爸可能只是想让她早点儿回去。跟过去一样，她不在他的身边，他就担心她被妈妈抢走。

但黄楚言却在踌躇要不要做出和过去一样的选择，按计划继续待在母亲身边。

她想起前几日见到乔嘉恒那副失魂落魄的模样。莫名地，她又想起他腿上的那块疤，于是心脏也像当时那样抽了一下。

黄楚言和柳弥说起可能要提早回去的事，她挑挑眉道："今年的你有些不一样，好像长大了……"

黄楚言不置可否。

想清楚之后，她到母亲房里，和柳一妍说起她要提早回去的事。她本就知道妈妈不会轻易答应，却也没想到妈妈会发这么大的火。

房间里只有她们两人，这意味着柳一妍不需要再看弟弟和弟妹的脸色，不需要担心和黄楚言争吵会让人看低她们母女。

"我们是专门为你回来的，你才在这里待了几天，怎么就急着回去了？"

"爸爸说他生病了。"

"他都多大的人了，不能照顾自己吗？"柳一妍反驳，"那我过去生病的时候，有人陪着我吗？"

黄楚言没说话。

"所以你还是更爱你爸，是不是？"

黄楚言其实早就习惯了。过去这么多年，她再听见这种话还是会觉得疲惫。她也不知道自己对他们来说是不是重要的。在父母为了她心中天平的倾斜而争吵的时候，她是重要的；在

135

他们只顾着利用她赢了对方的时候,她又是不重要的。

现在,她对他们来说,是重要的还是不重要的呢?

"你心里根本就没有我这个母亲。"见黄楚言久久不说话,柳一妍说出这样的重话。

对黄楚言来说,"母亲"这个词语的意义一直在变化。最开始,她和其他孩子一样,"母亲"是日常中最不起眼的存在,像是她伸手就能够到的饭碗,张开手臂就能得到的拥抱。父母离婚之后,"母亲"对她来说变成了考到满分才能得到的奖励,是需要忍耐很久才能舔上一口的糖果。她在谎言和推脱,以及无法理解却被要求理解中习惯,习惯了母亲的难相处,习惯了她因为工作而一次次失信的承诺。

再后来,母亲直接离开了她所生活的这片土壤,飞往异乡。她也终于知道,母亲应该是一年飞回来一次的鸽子。她抓不住,也无法强留。

如今,母亲在怀疑她的感情。

过去那些暗色的、孤独的、被抛弃的回忆联翩出现,黄楚言的脸色越来越难看,眼眶也在不知不觉中变得湿润。最后她什么话都没说,昂着头离开了柳一妍的房间。

黄楚言回房间后,柳弥见她的脸色不好,一猜就知道她是和妈妈吵架了,但柳弥没有多问,只是沉默地坐在一边做自己的事。

黄楚言无声地收拾行囊,偶尔发出一点儿噪音和叹气声。

柳弥等着黄楚言收拾好后才起身,她拿着车钥匙,潇洒又稳重地对黄楚言说:"我带你回去吧。"一副很值得依靠的模样。

黄楚言看着这样的表姐,突然真的想要长大。

如果长大,就意味着能说走就走。

不仅是物理意义上的。

黄楚言提着行李站在家门口,隐隐约约听见黄建阳和乔芝琳说话的声音。她等了一会儿,捕捉到他们说话的空隙后,才推门而入。

两人对她的出现都有些惊讶。

黄建阳更是惊讶道:"你怎么没提前说?"

黄楚言说:"我和妈妈吵架了,就提早回了。"

她这么一说,黄建阳的脸色变得奇怪。他不好意思地看了一眼乔芝琳后,说道:"下次你跟我说,我过去接你就好了。你怎么回来的?"

"表姐送我回来了。"

"她开车吗?"

"对,她早就拿到驾照了。"

黄建阳说:"她也长大了。"

黄楚言进了房间收拾东西。

这个暑假,她只在母亲身边待了十几天。假期还没过半,计划毫无预期地被破坏,她这段时间莫名空了出来。不过当天晚上又被莫名其妙填满——开补习班的同学正好又来问她有没有空再来带地理班。

本来安排去教地理的同学请假去毕业旅行了，领头的同学正苦于找不到合适的老师，无奈之下，她只能来询问黄楚言。黄楚言考虑了一会儿，最后还是答应了。她不喜欢自己的计划里出现空白格，而这个行程正好能填补。

晚上，黄楚言洗漱完从浴室走出来的时候，意外地发现她爸一个人坐在客厅里，没看电视，也没玩手机，只是安静地坐着，在黑暗中发呆。

她想起黄建阳说的生病的事，以为事态比她想象中严重。她开口问："爸，你上次说的生病，是怎么回事？"

黄建阳回过神来，看向她说："没事，就是腰痛的老毛病。"

"那你坐在这里想什么呢？"

"一些工作上的事。"

黄楚言并不相信，但也没想真问出答案。她交代了两声就回屋了。她脑中想的是，最近大家都变得很奇怪，隐隐约约的，她觉得有大事要发生。

第二天是休息日，本应在家里休息的黄建阳却不在家里。黄楚言下楼去找乔芝琳讨早饭吃，却只在201室见到了乔嘉恒。

昨晚他知道她回来后就想约她出门，但她刚和妈妈吵架，身心俱疲，最后还是拒绝了，所以现在两人才算是她回来后见上的第一面。

乔嘉恒没想到她会来，急忙站起身抓自己有些乱的头发，又低头看了看自己的衣服，觉得还算整洁后，他看向她，问："你怎么突然过来了？"

黄楚言往厨房里探头，问："阿姨没做饭吗？我过来吃早饭，我爸不知道去哪儿了，不在家。"

乔嘉恒走上前，握住她的肩膀，说："我妈也一大早出门了，但是留了消息，让我自己出门去吃早饭。"

"你吃什么？"黄楚言问。

"去喝花生汤怎么样？"

"好。"

夏天的清晨，空气微微湿润。早餐铺子所处的那条街很是忙碌。来来往往都是一些买菜的伯伯婶婶，砍价的声音络绎不绝。

黄楚言和乔嘉恒坐在靠近街边的小板凳上，面前是一张折叠桌，桌上有两碗还冒着热气的花生甜汤。

乔嘉恒和她说，小学的时候，他妈如果来不及做早饭，就会带他来这里喝花生汤。这么说着，店长阿姨就扬声和他搭话，问他怎么这么长时间没来。

黄楚言偷偷地看过去，发现那个阿姨正盯着她看。

乔嘉恒说自己上高中太忙了，就没空来。

阿姨又问："女朋友啊？"

乔嘉恒摆摆手，说："同学。"

他嘴上澄清得快，脸上却是被长辈抓包到自己在和女友吃早饭的尴尬表情。

黄楚言腼腆地笑了一下，然后低头喝花生汤。

吃过早饭后，胃里暖暖的，心情都变得愉悦了。

他们偷偷地在餐桌下面牵了手，也不知道有没有被阿姨瞧见。

139

当两人准备回去的时候，黄楚言收到母亲柳一妍的消息。昨天她离开柳家，柳一妍也没问上一句。黄楚言本以为她们会冷战几天，没想到母亲会这么快低头。不过母亲的低头并不是说自己错了，而是一句无关紧要的话或者一个无厘头的视频就能将自己的错误掩饰。

黄楚言很没出息地为此感到喜悦。

柳一妍给自己分享了一条裙子，问她想不想要。

黄楚言说想要。

柳一妍说："那妈妈给你买这套衣服。"

黄楚言和乔嘉恒并肩走在回去的路上，抬头就是明晃晃的阳光。

她莫名有种"今天是一个分水岭"的感觉。

不好的事留在昨天，今天开始，好事都会纷纷降临。

黄楚言和乔嘉恒在外面晃悠到中午才回去。他们习惯性地在楼下拉开一点儿距离。黄楚言先上楼，乔嘉恒跟在她身后，等她回去了再上楼。

黄楚言的心情不错，步履轻盈。爬到二楼的时候，她发现201室的门开着，然后门被推开，她爸从201室走出来，迎面撞上她。

黄建阳换了一副表情，问她去哪里了。

"吃早餐。"黄楚言回答。然后她看向门内的乔芝琳，发现她的脸色有点儿奇怪。黄楚言和她对视后，对着她笑了笑。乔芝琳也扯了一个笑，但看起来有些局促慌张。

黄建阳将门轻轻地掩上，隔绝两人的视线。他对黄楚言说："上楼，爸正好有事要跟你说。"

　　黄楚言眨了眨眼睛，没想到是什么事，只能先跟上。

　　关上家门后，黄建阳坐在沙发上，拍了拍身边的位置，让她也坐。

　　虽然黄楚言天生性子冷淡，也比同龄人沉稳，但她的记忆中几乎没有这样要和父亲深刻对谈的时刻，所以她也有些忐忑。

　　她坐下后，问："怎么了？"

　　黄建阳似乎有些难以启齿，皱眉思考了一会儿，才说："我可能要和你乔阿姨结婚。"

　　黄楚言微微挑了一下眉，原来是这件事。早在之前，黄建阳带着她去和乔芝琳母子俩吃饭的时候，她就想过这件事了。但是父亲不着急，没提起这件事，于是她也渐渐忘了。

　　当下，黄建阳突然提起来，黄楚言只是觉得有些惊讶，但也是意料之中的事。

　　"你能接受吗？"黄建阳继续问。

　　他盯着女儿，想从她的表情解读出她的意愿。他还在思考如何说服她，让她更好接受这件事。但出乎他的意料，黄楚言点了点头，说："都可以，这不是你和乔阿姨之间的事吗？"

　　她真以为她爸和乔芝琳没进一步确定关系，是因为他们两人不想。

　　她补充道："你和乔阿姨也不可能谈一辈子恋爱，当一辈子上下楼的邻居。"

黄楚言从头到尾都没想过阻止黄建阳和乔芝琳相处。她已经过了为了独占父亲而和父亲女友作对的年龄。更何况,乔芝琳是一个很好的人,她很喜欢乔芝琳。

黄建阳松了一口气,他想起乔芝琳说的乔嘉恒似乎很是反对,却没想到黄楚言比乔嘉恒更能接受他和乔芝琳进一步发展关系。

他本想和黄楚言谈更多关于他和乔芝琳的想法,但黄楚言这么轻易接受后,那些话似乎都没必要说出口了。他看着女儿没有什么异样的脸,也不知道她答应这么快是因为长大了还是没长大。

黄楚言见她爸没话要说了,便将自己报考志愿的事说了一下。

黄建阳紧绷的眉眼稍微松了点儿:"好,你去忙你的事吧。暑假还长,你好好计划一下之后的事。"

黄楚言点点头,起身的时候,她看了她爸一眼,觉得他想说的似乎不止这件事。

另一边,乔芝琳又和乔嘉恒提起结婚的事。

乔嘉恒沉默着,整个人紧绷着。他不想再拒绝母亲,却也无法违心地将自己期待的未来亲手推入深渊。

但母亲接下来说的话却让他不得不开口。

她突然低头,看着自己还平坦的小腹,轻声说:"妈妈可能怀孕了。"

这句话仿佛是在乔嘉恒的耳边投下炸弹。

他的耳边嗡嗡的，仿佛五官都被封住。

他没有选择的权利了。这一刻，他只有这样的想法。

"什么叫作可能？"他压抑住愤怒和绝望的情绪，哑着声音问。

"这几天我身体怪怪的，偶尔也呕吐。昨天我去药店买了试纸……大概率是真的。"

"你去医院看了吗？"

"早上我本来要去的，但你叔叔比较熟的那个医生今天没上班，就折回来了。"

乔嘉恒看向母亲的脸，她的五官和平时一样，但她的眼睛里盛着复杂的光，有对他的愧疚，有不知所措，而最明显的是对未来的期待，那样的憧憬能够盖过其他的情绪，在她眼底发出生动的光亮。

"但八九不离十了。"乔芝琳虽然在克制，但还是没忍住，伸手抚摸着自己的小腹。她抬头看向乔嘉恒，小心翼翼地问，"嘉恒，你说应该怎么办？"

乔嘉恒沉默了一段时间，说："你们自己看着办吧。"

结婚，或是将新的生命孕育下来。

现在的他都没力气阻拦了。

他本以为受到的打击到此为止，但是在他起身的时候，乔芝琳像是补救一样，慌不择路地说："楚言对结婚的事没意见。"

乔嘉恒愣了一下，说："她同意了？"

"黄叔叔说她很快就答应了。她说……这是我和你叔叔之间的事。"

乔芝琳以为转达黄楚言的话能够影响乔嘉恒,让他更容易接受这件事,却没想到这是击溃乔嘉恒的武器。

"她真是这么说的?"乔嘉恒反常地再次询问。

乔芝琳点头。

乔嘉恒没再说话,直接进了房间,然后将房门关上。

不过他关门的声音很轻,不像是在发脾气。

傍晚,乔嘉恒像往常一样从房间里出来,到餐厅吃饭。他一句都没提起乔芝琳和黄建阳之间的事,但毫无表情的脸和周身散发出来的低沉气压都让人知道他的情绪不高。

可他没发脾气。

乔芝琳细想,乔嘉恒从小到大都很省心,没在她的面前发过脾气,似乎也没忤逆过她。说起来,他第一次拒绝她,应该就是前段时间对她想要结婚的那个提议。

想到这里,乔芝琳的心里更难受。她明明和乔嘉恒说过了,他是她的第一位,但世事无常。当那样的选择真正摆在面前时,她又犹豫了。

她心里有事,一顿饭吃得也慢吞吞的。

乔嘉恒倒是很快吃完,低头将碗里的饭都扒完之后,起身说要出门找个朋友。

乔芝琳担心他像那天一样夜不归宿,着急起身,问他要去哪里,找哪个朋友。

乔嘉恒穿上鞋子，说："我应该很快就回来了，就是聊一点儿事。"

乔芝琳点头后，乔嘉恒推门离开。

黄楚言忙完手头上的事，拿起手机一看时间，已经七点多了。她收到了乔嘉恒的短信，对方约她在公园见面。

她赶紧收拾一下自己，和黄建阳打了招呼之后就出门了。

公园中心有个不小的湖，天亮的时候还能欣赏一下长在湖里的荷花。如今天暗了，只能扶在栏杆上欣赏湖里的月亮。

之前黄楚言和乔嘉恒来过这儿几次。他们在栈道上散步，坐在湖边的石凳上聊天，也在树荫的地方接过吻。

黄楚言给乔嘉恒发消息，却联系不到他。于是她顺着湖边的路慢慢走，最后她在他们坐过的石凳上找到了他。

夜里风大，他穿着白色的T恤，在黑暗中安静地坐着。他直愣愣地看着前方，像在发呆。

她在他的身边坐下，自然地牵起他搭在石凳上的手掌。

乔嘉恒回过神，反握住她的手。他看了她一眼，然后又扭过脑袋，声音轻轻的，问她："你知道我妈怀孕了吗？"

黄楚言愣住了，这事她是真的不知道："啊？真的吗？"她像是想起什么，又说，"我爸跟我说他要跟阿姨结婚，我还想怎么这么着急。原来是有孩子了，所以才这么突然。"

她觉得眼下这件事比她想象中更加棘手，但也没到无法接受的程度。她只是在思考，接下来这段时间他们两家人应该要忙碌了。

乔嘉恒问她:"你答应了?"

"什么?"

"他们说要结婚的事。"

黄楚言轻笑一声,说:"这轮得到我说不吗?生孩子也是。虽然他们会来问我们的意见,但是十有八九孩子就是要生下来。就算我们反对,他们也不会听的……"她似乎对其中的道理看得十分透彻。

乔嘉恒不置可否,只是安静了一阵,又问:"那我们怎么办?"

"嗯?"黄楚言一下没反应过来。

"他们结婚了,生了孩子,我们两人怎么办?"他们之间的关系怎么办?

乔嘉恒垂眸看向两人握在一起的手。

在昏暗中,两人的手重叠着,十指相扣,看起来好像很坚固。

过了一会儿,他的耳边才响起黄楚言的声音。

她终于明白他的意思了,却没法理解他的想法。她问:"你是不是想太远了?我们就像现在一样,继续恋爱……他们生了孩子,家里鸡飞狗跳,更没空管我们了。"

"那我们要这样一辈子?躲躲藏藏一辈子?"

他抬起头,在夜色中捕捉黄楚言的眼睛。对上之后,她却害怕地颤了颤睫毛。

她的手心出了汗,她说:"我没想过,我不知道。"

乔嘉恒轻声说:"那你现在想想。你还是会支持他们结婚,生孩子吗?"他捏紧了她的手,给足了黄楚言思考选择的空间。可他的眼神却急切,语气也恳切。

黄楚言看着他的眸子,莫名有些心慌。她觉得他好像要哭出来了。

她口干舌燥的,说不出话来,只能沉默。

乔嘉恒又说:"如果他们结婚了,有了孩子,那我们一定要分手……我们没有任何退路是不是?"

黄楚言静下来想了想,说:"是的。"

"那你要为了我,为了我们,去阻拦他们结婚吗?你要跟我一起吗?"乔嘉恒问她。

黄楚言迟疑了许久,最后摇摇头。她从没想过,也不打算这么做。

如果她为了他去阻拦去反抗,她就要背上一种她从未设想过的情感和负担。就算他们真的听了她和乔嘉恒的话,不结婚不生孩子,她和乔嘉恒就会松一口气吗?就会自在吗?

她并不想要父亲为了自己牺牲掉什么,她为自己计划的人生中并不存在"对父亲感到愧疚"这种情感。

她一直都是坚定执行计划的人,会欣然接受计划外突然降临的美好,却从不会去改变已经定下的东西。

乔嘉恒就是突然降临的,计划外的事物。

她能够接受和包容他,也感谢他的存在,但她不会因此去改变自己的计划。

所以，她只能放弃乔嘉恒。

乔嘉恒的声音轻轻的，说出的话也像是碎掉了："那我们是不是只能分手啊？"

黄楚言张开自己的手，原本十指相扣毫无缝隙的手掌中间灌进了冷风，任由乔嘉恒抓得再紧，也察觉不到暖意。他的心凉得彻底。

"乔嘉恒，我喜欢你，我很喜欢你。"黄楚言反常地向他告白。

平时，只有她惹他不高兴了，才会用这样的话来哄他。但他清楚，她这不是在哄他，是决裂告别前的宽慰。

他沉默着，任由黄楚言挣脱自己的手。

"但我没想过，也不会去处理这样的事。"黄楚言轻声说，"我也不想这样，但是没办法了。像你说的，我们没有退路的。"

"所以呢，要及时止损？"乔嘉恒看向她。

他用力地睁大眼睛，眼睛都酸了，眼眶发凉。

黄楚言看着他，几秒之后，她摸了摸他的眼角。指腹湿润，她的心脏跟着抽了一下。她想，不应该是这样的，他不应该是这样的，他是因为她才变成这样的。她很恐惧，她不是什么能够承接得住这样爱意的人。

这样的情感很沉重，像是吸饱水的毛巾，会压住她，捂得她喘不过气来。

她叹了一口气，将乔嘉恒抱住。他的肩膀很宽，她抱得有些吃力，但黄楚言第一次觉得他是这样的单薄。

她像是要给他慰藉，像是要挽回他，却在他放松下来的时候说出让他心碎的话。

"我们开始的时候就说过,如果……不合适的话,任何一方都能够叫停。对不起。"黄楚言这样说。

她松开手臂。夏夜的风穿过湖面,钻进两人之间的缝隙,将他们隔开。

黄楚言想,她是很自私的人,她是很胆小的人。

乔嘉恒看着她离去的背影,心想,她是很可恶、绝情的人。她是能够往人的心口上插刀,然后潇洒离去的人。

Chapter 07 / 界限

直到黄楚言坐到书桌前,她才发现自己的手脚冰凉。明明还是盛夏。

她不记得自己是怎么回来的,好像只是发了一会儿呆。等回过神的时候,她已经回到家里了。

黄建阳又不在家里,她猜测他应该是在 201 室陪乔阿姨。

她的脑子混沌,莫名其妙出神了一会儿后,她起身去洗澡。收拾完一切后,她又坐在书桌前复盘今天,她发觉今天做的正经事实在是太少了。明天她还需要给高一的同学上课,她看了一眼时间,还是决定拿起备课的资料,继续做她需要做的事。

资料虽然摆在眼前,但她状态不佳,想着想着就会走神。台灯下,她摊开自己的手,盯着指腹,那里还残留着乔嘉恒眼泪的温度。当时她觉得凉,现在却莫名觉得烫,像是被边上的灯光灼了一样,那一小块儿的温度比其他地方都高。

这时,她的房门被叩响,是她爸的声音。

"你睡了吗?爸爸还有事要跟你说。"

她有些重地摔下笔，开门出去。

像前几天那样，父女两人坐在沙发上。

黄建阳依旧觉得不好开口，他纠结片刻，才犹豫着说出口："你乔阿姨可能怀孕了。"

黄楚言的眼里毫无波澜，刚才她已经从乔嘉恒那里知道这件事了。

"你怎么看？"父亲问。

黄楚言看着父亲的脸庞。比起前几日，他的脸上少了一点儿踌躇和小心翼翼，多了一点儿对她的期待。就像她说的，父母他们真的在意她的回答吗？还是走个过场随口问问？她同意，皆大欢喜；她不同意，他就劝说她同意。

黄楚言莫名想起乔嘉恒眼角的泪，于是指腹又开始出现灼烧感。她深呼一口气，有点儿不耐烦地说："随便你们吧，这种事以后不需要再问我了。"

不管是结婚，还是诞下新生命，这些决定都不会因为他们的回答而改变。

黄建阳的表情僵住，他想要说什么。但黄楚言已经起身，她说："我去忙了。"

他没拦她，看着她的背影，他觉得她变了。

从这天开始，黄楚言和乔嘉恒划清了界限。

黄建阳的工作也莫名忙了起来，黄楚言发现黄建阳回家的时间比往常晚了很多，很多时候身上还带着酒气。她问起他工作上是不是有变动,他的眼里却都是笑意:"应该是好消息。"是要升职的意思。

乔芝琳这边却很不满意。她一直等着黄建阳和她去医院做检查,但黄建阳一直没有请假,也不肯推掉多余的应酬。她只能等着他有空。等了两天后,他说自己实在是没时间,问她能不能自己去。她不肯,说是要等着他一起去。

有一天晚上,黄建阳回来得晚。黄楚言本想出门问候他一声,但在听见门外传来乔芝琳的声音后,她又停下了脚步。她本想回到书桌前,但客厅里两人讲话的声音越来越大,甚至有要吵起来的趋势。一触即发的局势终止于乔阿姨低低的抽泣声。

黄楚言握紧了门把手,不可自控地想起小时候父母吵架的场景,无力地闭了闭眼睛,然后她像当时一样,沉默地等着外面安静下来。

最后的结局是黄建阳哄着乔芝琳,答应明天请假陪她去医院做检查。

第二天,黄建阳履行诺言向公司请了假,陪着乔芝琳去医院做检查。

黄楚言站在四楼的阳台往下面看。

他们二人上了车,乔嘉恒站在楼下目送他们。等到车往前开走后,乔嘉恒突然抬眼看上来,和她对视。

她收回眼神,走回屋里,仿佛没看见他。

黄楚言本以为两个小时就能结束检查,却没想到等到傍晚黄建阳才回来。他一副筋疲力尽的模样。

黄楚言问："阿姨怎么样了？"

黄建阳回过神来，看向她，愁容满面，声音干涩："查出来了，你阿姨没怀孕。说是验孕棒有问题，测出来的结果不准，就是假性怀孕。"

黄楚言愣住了，在听清父亲的意思后，她惊讶地重复："没怀孕？"

"嗯，折腾半天。就是夏天气温太高了，她胃口不好，所以才会呕吐什么的。"黄建阳洗了一把脸，想让自己清醒一点儿。

黄楚言都觉得震惊，更不用说乔芝琳了，她绝对不能轻易接受。

她问："所以你们才这么晚回来？"

黄建阳点点头，又欲言又止，但最后他还是什么话都没说，只是摆摆手，让黄楚言回房间："你只要顾好你报什么大学就行了，其他事不用多操心了。"

黄楚言听话回屋，脑子依旧混沌。她想起近日发生的事，还是觉得荒谬。

这几日发生的一切原来是一场乌龙，但即使它消失了，留下来的痕迹也无法磨灭，只会深深地刻在他们的脑子里，生活中。

楼下，乔嘉恒见回来的乔芝琳眼眶红红的，着急问发生了什么事："孩子的状况不好吗？"

"不是。"母亲摇摇头，说，"我根本就没怀孕。"

乔嘉恒清晰地听见自己的心脏漏跳了一拍，世界仿佛停摆了一瞬间。

下一个瞬间，母亲落泪了。

他上去安慰她，说着机械的话，做着机械的动作，艰涩、不熟练，然后心脏却像是上了发条一样狂跳着。

他可耻地窃喜，获得了劫后余生般的喜悦。

母亲的眼泪像是止不住。

乔嘉恒开始手忙脚乱，用"没事"这样无用的词语来安慰她。

似乎是觉得自己哭得太失态，乔芝琳抑制住哭声，擦擦眼泪，对乔嘉恒说："你进屋吧。妈妈没事，我就是觉得一切都发生得太突然了。"

乔嘉恒又安慰了她一会儿，等她停下哭声后才进屋里。他迫不及待地打开和黄楚言的聊天对话框，删删减减，许久后才打出一句话：*都是乌龙。*

黄楚言回复：*我也听我爸说了。*

乔嘉恒等了一会儿，但黄楚言好像再没话要讲，他的心慢慢凉了。

他有一种不好的预感——这场乌龙只是一场导火索，而他和黄楚言的结局并不会因为乌龙的更正而改变。

这句话同样适用乔芝琳和黄建阳。

晚上，黄建阳来201室找乔芝琳。原本他是想来哄哄她、安慰她，却没想到将两人上午的那场争吵续上了。

上午两人在等医生做检查的时候，黄建阳突然和乔芝琳说起自己之后要外调的事。乔芝琳一愣，问他要去多久。

黄建阳说，短的话半年，长的话要一年。乔芝琳当下就慌了，问他们三个人怎么办。

黄建阳说："他们都要去上大学了，你如果想跟我一起外调的话，我们就一起去。如果你不想跟我一起去的话，我每周都会回来陪你。"

乔芝琳沉默下来。这时，医生通知他们，怀孕只是一个乌龙。接着，乔芝琳崩溃得直接哭了。黄建阳急得在一边安慰道："没事啊，这可能还是好事。我还担心你的身体吃不消。"

乔芝琳用含泪的眼睛瞪他，甩开他的手，一个人往外面走。

黄建阳跟了她很久，才将她劝上车。回来之后，两人都筋疲力尽。黄建阳回到家后想了一会儿，还是觉得应该来和她聊一聊，所以他专门下楼来找她。

他说怀孕的事谁都没想到是假的，之前他们一直担心黄楚言和乔嘉恒无法接受而感到不安，如今没怀上，应该还算是好事。

乔芝琳不吭声。

他又说就算她没怀上，他们结婚的事也能够继续推进。等他外调回来，或者可以把她接过去，两边都可以办一场婚礼。

乔芝琳依旧不说话，她不看他，也不搭理他，似乎在想什么事。

黄建阳闭了嘴,等着她的回复。他等了一会儿,有点儿不耐烦了,去握她的手,却被她甩开。她终于扭头看他,盯着他说:"我想了一个下午,觉得我们其实不合适。"

她很冷静,说出的每个字都很清晰。

黄建阳用力地闭了闭眼睛,深吸一口气,说:"你别冲动。"

"我没有。"

"因为怀孕是假的,你就觉得我们不合适?"

乔芝琳摇头道:"很多方面,我想清楚了,这个乌龙只是让我彻底看清了这点。"

"哪些方面?"

"如果我让你留下来,不外调了,你肯吗?"

"不可能。"黄建阳毫不犹豫道,"这是升职,我傻了吗,拒绝升职?"

乔芝琳的声音带着破碎感:"这就是最大的原因。"

她想了一个下午,真的想清楚了。

不管她如何用力,她和黄建阳也没办法续上年轻时的那段缘分。以前不懂事,热恋的时候可以飞蛾扑火,只要他在身边,她就能勇敢地放弃一切。经历过和黄建阳的分手、和林进辉的结合之后再分开,一人抚养孩子多年。虽然她吃了不少苦,但心底依旧怀揣着那份少女热忱。重遇初恋后,她再次一头扎进恋爱里,幻想着类似兜兜转转还是回到真爱身边的剧情,却没想到很多事不是那么容易如愿。

是因为世界变了?黄建阳变了?她变了?

她想来想去,最后发现是她和黄建阳不合适。

初恋热恋和结婚再婚不一样。

她看不惯黄建阳这样做甩手掌柜不顾及他们的行为,他也无法理解她为何这样落泪。

黄建阳没再说话,他抬头看向不远处不知什么时候出现在房间门口的乔嘉恒,两人对视了一会儿。最后黄建阳什么都没说,起身走了。

乔嘉恒坐回母亲身边,将开始掉眼泪的她搂进怀里,像小时候她抚慰哭泣的他那样,轻轻地拍打着她的后背,说:"没事的……"

黄楚言只觉得所有事像陨石一样,突然一个个砸下来。

先是乔阿姨怀孕是假的,接下来是黄建阳要外调的消息,之后黄建阳告诉她,他和乔阿姨可能要分手了。

黄楚言不理解,问:"是因为没怀孕的事吗?"

黄建阳站在她的房门口,说:"说不清楚,就是之后你别有事没事去二楼找他们了。"

说完,他就关上了她的房间门。

黄楚言轻声说:"我本来就不会再……有事没事往二楼跑了。"

她和乔嘉恒也分手了。就算怀孕是假的,结婚也告吹,她也没那种和乔嘉恒复合的冲动。不对,应该说是有过一点儿的,像小火苗一样在脑海里左右摇曳过,但只是一会儿,就被她亲手浇灭。于是那样的想法只在她的脑中留下一缕飘荡的青烟。

前几日和乔嘉恒分手让她的生活短暂地停摆了一下。虽然只有一小段时间，但也足够让她元气大伤，老是走神，时不时就会想起他。

调整状态是一件很费精力的事，她好不容易才调整回状态。她不想再去冒险，去承担被一滴泪伤害的可能性。

她害怕了，害怕乔嘉恒太过喜欢她，也害怕自己太喜欢乔嘉恒。

成年人做决定的速度似乎总是比他们快。在黄楚言还在犹豫和乔嘉恒的关系时，黄建阳和乔芝琳已经彻底结束关系。本来他们就没有法律上的关系，如今情分断开，他们又变成了上下楼邻居、高中同学、曾经的恋人。

黄建阳工作外调的进程推进得很快。没两天，他就收到了正式的通知，工作地点在隔壁省，时间为一年。

黄建阳专门找黄楚言聊了这件事。他考虑过将她一起带去隔壁省，但想到她马上要去上大学，也没必要去往一个新城市，搬来搬去也消磨时间。

黄楚言也是这么想的，而且她自觉已经长大，不需要时时刻刻都跟在父亲的身后了。

黄建阳思虑了一会儿，对她说："虽然我和你乔阿姨的关系结束了……但我问过她了，她说把你当亲女儿，可以帮忙照顾你。她们家还有一间空房，你可以住进去。没多久就要填报志愿了，你和乔嘉恒也可以互相参考，乔阿姨也愿意照顾你。"

黄楚言一愣，然后拒绝："不用了，我还是自己住吧。"

她现在并不想见到乔嘉恒，不想和他说话，不想看他的眼睛。

"你很快就要去上大学了，也不会住多久，你不用觉得不好意思，你乔阿姨是真心愿意……"

黄楚言打断父亲："但我是真不想去。现在大家的关系这么尴尬，不用麻烦人家了。而且……我也不是很喜欢他们家。"她不惜说出违心的话。

黄建阳看向她，问："你以前怎么不说？"

黄楚言的脑子乱乱的，低头躲开父亲的视线，说："说了也没用。"

"你不喜欢乔阿姨还是嘉恒？"

黄楚言犹豫片刻，说："乔嘉恒。"

一个谎，或者是两个谎，都没关系了。

黄建阳没再说什么，像是理解她的想法。女孩儿、男孩儿互相吸引是最正常不过的事，但是女孩儿讨厌男孩儿似乎也是天经地义的。而且他的女儿本就有些"自我"，讨厌人也不需要什么原因。问了也可能是"看不顺眼"这样的理由，他追问并没有意义。

黄建阳发消息，和乔芝琳转告黄楚言的决定。

过了好一会儿，乔芝琳回复一个"好"字。

此时，乔嘉恒正在乔芝琳的房门外踱步。

一个小时前，母亲告诉他，虽然她和黄叔叔再无可能，但

159

黄楚言可能会搬过来和他们住一段时间。

她说完这些话后,问乔嘉恒有没有意见。

乔嘉恒先是愣住,表情有些微妙,迟疑了几秒后,他说:"我没意见。"

乔芝琳点点头,说:"那就等楚言了。"她又解释道,"我是想说你们俩,我照顾一个也是照顾,两个也是照顾。她爸不在她身边,平时连个照应她的人都没有。"

乔嘉恒说:"我都可以。"

之后乔芝琳就进了自己的房间,乔嘉恒一个人留在客厅里。

他坐在沙发上,不知该做什么,脑子乱乱的。他表面云淡风轻,装作不在意。但其实在听清他妈妈的意思后,他的整颗心都吊在空中,仿佛等待的不是黄楚言是否接受住在他们家,而是是否接受他——如果她答应了,他和她之间便还有机会;如果她没答应,那她拒绝的便不只是入住邀请,还有他。

这时,他又变成了极不擅长等待的人,急得心跳加速,坐立不安。

不知过了多久,乔芝琳推开房门,见他还在客厅里,感到惊讶:"这都几点了,你怎么还不去睡觉?"

乔嘉恒固定在十二点熄灯休息,但是现在已经将近一点了。

"哦,我正好出来,想喝杯水。"他走到厨房,给自己倒了一杯不想喝的水,然后装作不经意地问,"楚言……怎么说的?"

"啊,楚言说她还是自己住好一些。"乔芝琳叹了一口气,说,"女孩子的脸皮薄,不肯来麻烦我们。"

乔嘉恒盯着手里盛满水的杯子，水面微微晃动着。他望着水面出神，然后说："嗯。"

她哪里是脸皮薄，不肯来麻烦他们，她是不想见他。

她是讨厌他，不给他一点儿机会。

两人虽然住上下楼，房间的直线距离不超过二十米，但她住在楼上，他没理由上楼。如果她不想下楼，他一辈子都见不到她。

于是，两人自那天遥遥相望后，再没碰过面。

时间过得很快，黄建阳要离开的那天，黄楚言帮着他收拾行李，顺便将自己的房间整理了一遍。

她在抽屉里翻到了乔嘉恒八岁时写的日记。她坐在地上，重新翻看那个薄薄的本子，看着看着便忍不住笑出来。她反应过来后，垂下嘴角，盖上封面，将它放在箱子的底部。

这时，门外传来黄建阳催促的声音，他说他要走了，让她帮忙搬一些行李。

父女俩搬了几趟都没能将所有东西放进车里。

走最后一趟的时候，黄楚言的手里还提着两袋衣服。经过201室，那扇一直紧闭的门突然被人打开了。

夏天燥热，楼道里的空气滞闷。黄楚言刚才这么来来回回走了几趟，身上已经出了不少汗，身上的T恤紧贴在身上，额头上贴着的帽子边缘也像是被浸湿，将毛孔都捂住。

已经是下午，阳光倾斜，照亮楼道，有一抹阳光就投在201室的门上。

被推动的 201 室的门改变了阳光反射的角度，于是那刺人的阳光就撞进黄楚言的眼睛里。她一下被晃了眼，停下了脚步。视线恢复的时候，乔嘉恒就站在她面前。

他也戴着帽子，眉眼被掩藏在阴影下。他穿着黑色 T 恤和灰色长裤，像是要出门。

他迎面撞上她，似乎也觉得惊讶。动作顿了一下，他略微打量她一遍后，看向她手里提着的东西，轻声问："叔叔要走了？"

他听乔芝琳说过了，知道黄建阳这两天就要离开。

"嗯。"这么答应后，黄楚言想继续往下走，但乔嘉恒稍微一个侧身就挡住了她的去路，他伸手去拿她手上的袋子，想要帮她。但黄楚言不肯松手。

于是两人在楼梯过道上"对峙"。

因为抢夺衣物，他们的距离被拉近，两人的帽檐都要撞到一起。

乔嘉恒看向她，发现她的鼻尖上冒着汗珠，刘海和两鬓都被汗洇湿，眼睛也像含了水一样湿漉漉，但眼神却很坚定冷漠。

她说："我自己来就行。"

乔嘉恒深深吸了一口气，松开手，直起身体，说："好。"说完，他直接往楼下走，步子迈得大，走得又快又急。

黄楚言磨磨蹭蹭地调整好姿势，慢吞吞地往楼下走。

乔嘉恒走得快，下楼和黄建阳打过招呼后就直接走了。

黄楚言到楼下的时候，只能看见他毫不留恋往前走的背影。

将东西搬上车后，黄建阳开玩笑地问道："嘉恒看见你提这么多东西,没说要帮你?"

黄楚言摘下帽子,给自己扇风:"我不是说了,我讨厌他,故意不让他帮的。"

黄建阳看向女儿红润的脸蛋,说:"你们这些孩子……"

黄建阳又和她交代了一些话,才启动车子。

等到黄建阳开着车扬长而去后,黄楚言鬼使神差地往身后看了一眼,然后心脏猛地一跳——早就应该离开的乔嘉恒不知为何就站在不远处。

他站在路中间,夕阳迎着他。他的身影被染上橙色的光芒,但眉眼却被帽檐的阴影掩住。她看不清他的表情,只知道他站得笔直,像过去每一次,她都会为了他心动。

黄楚言回过头,手按在自己的胸膛上,那里躁动着,不肯停歇。

她转过身,当作什么都没看到,上楼去了。

柳一妍知道黄建阳丢下黄楚言一个人外调后,气得打电话骂了他一通。黄楚言也不知道父母最后是怎么结束通话的。她听柳弥说,柳一妍打完电话后一副很解气的模样,然后拉着她一起来看自己。

柳一妍买了很多生活用品,零食饼干。还是夏天,她就给黄楚言准备了厚被褥和暖宝宝,顺便将那条送给黄楚言的裙子一起带来了。

柳弥因为提东西冒了一脸汗,三人坐在客厅里吹空调。这个家的空间其实并不大，只有两间房。客厅里摆满了柳一妍带来的东西，于是便显得局促。

这是柳一妍第一次来这里，她在房子里绕了一圈，然后开始数落黄建阳："当初他怎么不知道找个大点儿的房子！"

黄楚言没说话。

柳弥仰头喝水。

柳一妍盯着墙角发霉的黑点儿说："这房间真不行，你看这角落都发霉了！"

黄楚言还是没说话。

柳弥继续仰头喝水，她喝完一瓶水，打开新的，再喝。

黄楚言让她别喝了，该水中毒了。

"姑姑自己都不提东西，我一个人提那么多。我的天，我真得建议你们房东装一部电梯。"柳弥擦了擦额头上的汗，抱怨道。

"房东可能会说，爬爬楼梯可以锻炼身体。"

柳弥没话再讲。

柳一妍让黄楚言去她那里再待一段时间。

黄楚言说自己已经答应了同学的补课请求，她还需要给学弟学妹们上一两天的课。

柳一妍听后没再说什么。

下午，柳一妍和柳弥准备回去。

柳一妍去停车场开车的时候，柳弥和黄楚言站在树荫下聊天。

黄楚言问他们什么时候离开。

柳弥的脸色有些奇怪，她盯着黄楚言说："姑姑可能暑假结束了就回去了。"

"你呢？"黄楚言捕捉到她话外的意思。

"我啊……到时候再说。"柳弥朝她俏皮地眨了眨眼睛。

不远处，柳一妍的车缓缓驶来。她将车停在她们跟前，将车窗摇下，说，"你有需要的话，一定要给妈妈打电话。"

黄楚言乖巧地点头。

柳弥上了车。

离开前，柳一妍最后交代道："你一定要好好学习，多向表姐学习。"

柳弥在后座朝她眨了眨眼睛，脸上是骄傲自豪的表情，她交代道："哎，你填报志愿的时候跟我说一声。"

黄楚言不明所以，但还是说好。

第二天，黄楚言就去补习班上课了。

夏天，大家空调开得猛。上课的时候，不知是谁将空调的温度调低，扇叶也莫名往下。黄楚言被冷风对着吹了一整节课，她穿的是短袖，两条胳膊露在空气中，空调的冷风还从袖口往怀里钻。一节课下来，她觉得有些难受，但还是撑了两节课。下课的时候，她的脸色难看，身体疲惫得不行。

回家之后，她先洗了个澡，随便扒拉了两口饭后，躺床上休息。但这觉睡得很不舒坦，她被冻醒，裹紧了被子也无济于事。她摸了摸自己的脑袋，这才发现烫得可怕。身体难受，脑子又混沌一片。她想喝口水,都没力气爬起来。

她想给黄建阳打电话,想起他在外地,想给妈妈打电话,又担心柳一妍太过小题大做,之后和黄建阳吵架。最后,她给乔芝琳打了电话。

乔芝琳接电话接得很快,但她似乎在忙,周围吵吵闹闹的,都是孩子和乐器的声音。

黄楚言努力说清自己的境况,麻烦她给自己送一点儿药。

乔芝琳急忙答应下来:"哎,好,你等一下,你好好休息,我很快送药过去。"

黄楚言闭上眼睛,又沉沉地睡去。

她再醒来是因为听见耳边有人叫她的名字,声音远远地,有些模糊。

黄楚言迷迷糊糊地睁开眼睛,房间里依旧昏暗。她别过头看过去,发现来的不是乔芝琳,而是乔嘉恒。

他身材高大,站在床边整个人显得有些局促。

她看不清他的表情,只知道他的声音冰冷,一双眼睛正盯着自己。

黄楚言花了一点儿力气才集中注意力,她盯着乔嘉恒,问:"你怎么……"

乔嘉恒将手上的东西放到桌上,大概是退烧药还有热粥和小菜之类的东西。他沉默地做完这些事后,才回答:"我妈让我来的,她忙着上课,走不开。"

他刚才收到乔芝琳的消息,她并没有强制要求他来,只是询问他在不在家，方不方便给黄楚言送点儿药过去。如果不方便，她就跟机构请假。但是她回来需要一些时间，她担心黄楚言觉得难熬。

乔嘉恒立刻就答应了，说自己就在家里。挂了电话之后，他急忙跑去药店买了退烧药，又在小摊打包了清淡的吃食，接着就火急火燎地上楼。

等他准备好一切，站在门口的时候，人才稍微冷静下来。

他的身体发烫，后背和额头都因为刚才急促的奔跑而出了汗。但……现在飞速跳动的心脏是因为方才的运动还是紧张，他也搞不清楚。

他担心自己耽误太久时间，还是一咬牙，将门打开。

他来到她的房间，推开门，一眼就能看清房间的布局。

书桌反倒比床大。桌上堆着高高的书，还摆着吃了一半的饭。床上躺着的人正在酣睡，缩在被窝里，小小一团。似乎是觉得冷，她只露出了额头，剩下半张脸都埋在被子里。

她睡得正香，甚至不知道有人进屋。

他只敢偷偷看她几秒，然后将她叫醒。

黄楚言摸了摸自己的额头，轻轻地叹了一口气，说："麻烦你了。"

她故意说疏远淡漠的客气话，好像这样就能阻止他们之间的氛围变得奇怪。

"我想喝水，药也顺便给我吧。"她半阖着眼睛，这样说。

乔嘉恒安静地帮她准备她要的东西。

"好了。"他叫她,"吃药吧。"

黄楚言半撑起身子,接过他手上的杯子和药,仰头吃下药后,她重新躺下,说:"谢谢你,但我还想睡觉,你走的时候帮我把门关上就好了。"

乔嘉恒站在床边,看她的眼睛,喉结滚了滚,他说:"好,你休息吧。我还买了一点儿吃的放你桌上了,你醒了之后记得吃。"

他早知道不会发生他想象中的事。

黄楚言这么绝情,这么冷血,说了分手就没再多看他一眼,怎么会因为他今晚的主动靠近而重新考量他的心意。

他就算放下脸面,求她复合,她应该也会拒绝。

他转过头,步履沉重而缓慢,快走到门边的时候,身后的黄楚言突然开口说话。她的声音有些沉闷,带着鼻音:"乔嘉恒,你别这样了。"

他停下脚步,等着她继续说。

"你别来看我了。"

她都知道,知道他幼稚拙劣的心思。她看在眼里,过去是懒得戳破,现在却开口让他止损。

乔嘉恒问:"这样也打扰到你了?"

"我只是觉得没必要……"黄楚言回答。

乔嘉恒回头看她,说:"虽然我们分手了,但你没必要连这种自由都不给我吧?"

黄楚言又坐了起来,额头被闷出汗,眼睛也亮晶晶的,她很诚恳地说:"我不希望你这样。"

乔嘉恒望着她十分平静的模样,不理解她为什么这么快就能抽身,不理解她为什么这么对自己。他说:"我们之间明明已经没有阻碍了,为什么……"

他的话还没说完,便被黄楚言打断:"乔嘉恒,我们好好生活吧。"

乔嘉恒望着她,说:"你还喜欢我吗?"

黄楚言回答:"没你想象中那么喜欢。"

乔嘉恒得到了他想得到的答案。

他想,这个世界上大概只有黄楚言说得出这样的话。看起来留有余地,但足以将他还抱有的那些幻想摧毁。

他像被羞辱了,心脏狂跳,耳边都是自己心跳的声音,喉咙也被灼得干涩。

最后他说:"我知道了,以后不会这样了。"

黄楚言紧盯着乔嘉恒,屋里昏暗,只有他身后的顶灯发出幽幽的光亮。他背着光,于是整张脸隐在阴影中。但窗帘还拉开着,窗外的月亮和路灯的光隐隐约约地照在他的脸上。窗外那棵大树微微晃动,让这样幽暗的光源动了起来,所以黄楚言有时能看清他的眼睛,有时能看清他的鼻子,有时能看清他的嘴唇。

她发现他的脸上亮亮的,鼻梁上的应该是汗,眼睛里盛的应该是泪。但他没哭,只是用这样湿润的眼睛看着她。

黄楚言感到心慌。

屋内很是安静。这时,她听到沙沙的声音,是风吹过树叶的声音。

沙沙声像召唤曲一样让乔嘉恒回过神。

他没说话，转过身，离开了黄楚言的房间。

黄楚言坐在床上愣了一会儿，皮肤感受到寒意。她应该回到被窝里的，但她强撑着起身，呆坐在床上。

过了一会儿，黄楚言打开窗户，感受着风。不知怎么的，她觉得现在应该下一场雨。

她的身体里面好像在下雨。

黄楚言连自己都看不清。

她不想和他继续恋爱关系，但又在私底下不受控制地关注他。

她就是这样别扭、自私，又莫名其妙。

她也想不清自己为什么会这样。

那天韩梓昕来她家里看剧。看完两集，韩梓昕还不肯走，硬抓着她说八卦。她听得昏昏欲睡，忍不住问了一个问题。

"如果我拒绝了一个人，但是又忍不住一直想他，我是不是有问题？"

韩梓昕宽慰她："你可能是有顾虑，或者……你没那么喜欢他。"

黄楚言思忖了一会儿，叹气道："我也不知道了。"

韩梓昕大笑道："你这么聪明，看起来这么冷静，还会为这种事情烦恼叹气啊？"

韩梓昕说这似乎是黄楚言第一次在她面前展露出这样的

神态。

黄楚言的眉头皱得更紧,她摇摇头说:"我不知道,我真不知道……"

碰到这种事,她真觉得迷茫,她看不清自己。

明明她已经下定了那样的决心,甚至不惜伤害乔嘉恒的心,但她却更加踌躇慌乱了。

她想不清楚,就干脆不想了。

韩梓昕走之前留下一句话:"不过也正常。你再聪明冷静,我们也才刚毕业,想不清楚很正常的,再等一段时间,等我们成熟了,应该就能想明白了吧?"

几天之后,柳一妍又坐上了出国的飞机,但柳弥没跟着去。她甚至捅了一个很大的娄子,还想着拉黄楚言一起入伙。

黄楚言这时才知道柳弥当时为什么那样看她,说的话也莫名其妙。

柳弥本来有一份工资很高的工作,柳家人对此都很满意,但他们没想到柳弥入职没多久就背着他们提了离职。这次回国,柳弥便没有再出去的意思了,她说自己要留下来创业。

为此,柳弥还和一直将她当作骄傲的柳家人吵了一架,其中包括她的父母和黄楚言的母亲。

长辈们都无法理解她的想法。

黄楚言也不理解她的想法,她一直都将柳弥当作学习的榜样——高中努力学习,考上最好的大学,然后得到一份很好的工作，获得母亲的青睐赞扬，和喜欢的人恋爱，接着去过轻松自由的生活。

她按着柳弥走过的脚步，一步步前进。

但现在柳弥却突然变了卦，将黄楚言当作范本的"完美生活"搅得一团糟。

听柳弥说，她和家里人吵架后，直接离家出走，甚至没去送她父母和柳一妍上飞机。

黄楚言找到柳弥的时候，柳弥看起来有些狼狈，但精神却振奋，眼里都是兴奋的光。

"那你现在是什么安排？"

"我上班赚了一些钱，加上这些年的积蓄，打算在南方开个冲浪民宿店。"

黄楚言愣住了。

柳弥又说："我这是少走好几年弯路。我办公室里离职的那些同事，最后都去环游世界体会大自然了。他们一边玩一边还要回头跟我说，辞职真的是 good！"

之后，黄楚言在一边听她畅想着自己之后的创业生活。她说要把冲浪店刷成黄色的，里面摆满冲浪板，然后还要搞个酒水吧台，招几个女孩儿在前台做饮料。

黄楚言听得昏昏欲睡："嗯，不错。"

"嗯，所以你要帮我。"

"嗯？"

"嗯！"

于是黄楚言就这样被柳弥征用。

柳弥的行动力很强,第二天就拉着黄楚言干活。

黄楚言被柳弥差遣得筋疲力尽。

她跟着柳弥去看店面,定装修,和设计师交流想法,还要去学咖啡酒水的做法……她忙得不可开交,其间还陪着柳弥去海市实地考察,于是人晒黑了也变瘦了。

柳弥好不容易给她放了两天假,她找时间约了韩梓昕出去吃饭。

韩梓昕和她说起吴序承,说他前几日找自己问她的消息。

韩梓昕和吴序承是初中同学,高中虽然没在一个班级,但偶尔也有联系。

"他说约了你几次,你都没空出来。他问我,你是不是故意躲着他。"

黄楚言说自己真没时间:"对哦。我忘了,高考完的那天,我说要请他喝奶茶。"

"我看,他是要追你。"韩梓昕下结论。

黄楚言一愣,转念一想,又觉得韩梓昕说得八九不离十:"那我还是给他点外卖吧,或者你帮我带杯奶茶给他。"她补充道,"我说好要请人家的,总不能说话不算话。"

"你不喜欢他啊?"韩梓昕问。

黄楚言摇摇头,说:"而且我很忙,明天还要去学做莫吉托。"

说着,黄楚言的手机振动,正好是吴序承给她发的消息,他拐着弯问她什么时候能请他喝奶茶。

黄楚言抬头问韩梓昕:"要不现在把他叫出来,我们三个人一起喝点儿东西,就算请客了。"

韩梓昕笑道:"亏你想得出这种缺德的方法。"

"你帮我和他说吧,我不想和他见面了。之前是同学的时候,我还能大方地请他,现在我倒是不怎么想见他了。"

韩梓昕眯着眼睛看她,问:"你还喜欢乔嘉恒呢?"

黄楚言一愣,她好久没听见这三个字了。这段时间她一直跟着柳弥在外面奔波,几乎不怎么回家,自然也见不到乔嘉恒。

她摇摇头,说:"多早的事了。"

"可他现在好帅啊。我看他们出去玩,发了几张有他的合照,好养眼……"

"什么合照?"黄楚言问。

"你想看啊?"

黄楚言点头。

韩梓昕嘴上数落她,手还是很快点开照片。

韩梓昕指着坐在边上的人说:"帅吧?"她的手指又往上面挪了挪,"你看他身边有多少女孩啊,他人缘本来就好,高考结束,大家都放开了,勇敢追求爱了。"

黄楚言收回目光,说:"你说得有道理。"

"你不努力一下?再过几天,说不定他就官宣朋友圈了。你知道这几天我的朋友圈官宣了多少对恋人吗?"

黄楚言没说话,低头挑碗里的东西吃,也不知道有没有将韩梓昕说的话听进去。

最后那杯奶茶，黄楚言托韩梓昕送过去了，也求着韩梓昕帮她和吴序承说清楚。

之后，吴序承果然没再联系她。韩梓昕只说她这样处理追求者的方式过于绝情，不见面就算了，连拒绝的话都不肯自己说。

黄楚言想起她最初拒绝沈柯帆的时候，至少还能把人约出来说清楚。后来和乔嘉恒分手，她也能铁着心拒绝他两次。现在，她是真的不肯花费一点儿精力去处理这样的事，她甚至有些恐惧踏入一段新的关系。

而且她太忙了，还要学做咖啡呢。

那天，她在咖啡厅里学习做咖啡的时候，接到韩梓昕的电话。她在电话那头很激动，说高考成绩出来了。

黄楚言听她几乎要哭出来的声音，笑着问："你考得怎么样？"

"应该稳了！"韩梓昕又笑出来。

"太好了。"黄楚言真心为她高兴。

挂掉电话后，她上网查了自己的成绩，比她估出来的分数还高了十几分，排名也是，算是超常发挥。

她将成绩截图发到家族群里，收获了一大片鞭炮和烟花。

她和同学聊了一会儿后，放下手机，低头继续做咖啡。

没多久，柳弥就提着蛋糕来找她，见她还在做咖啡，很是欣慰："这么努力？"

黄楚言看了她一眼，放下手上的东西，坐下和柳弥一起吃蛋糕。

柳弥突然又问起她要报考哪个大学。

之前黄楚言就和柳弥说过,她大概会报考省内最好的那所大学。这是黄建阳提出来的,他不希望黄楚言离他太远。柳一妍也支持,黄楚言在省内上大学,她回国的时候也方便见她。

黄楚言见父母难得有了一样的想法,便没煞风景地反对。

而且,她也是在高考结束后的某一刻突然意识到,她对未来其实没什么明确的规划。

高考结束后,那根紧绷的弦终于松弛,她先是跟其他人一样放松了几天,接着,一种茫然侵袭而来。过去的她就是将柳弥当作榜样,踏着柳弥走过的路,埋头苦读。但她好像并没有特别想去的城市,也没有特别想要看到的风景。

她不知道自己要做什么。

说起来,她还要感谢柳弥,将她的暑假安排得满满的,否则她也不知道自己多出来的时间要做些什么。

黄楚言问:"我不是说过了?"

"你有没有考虑过去海市上大学啊?"柳弥笑着问她。

虽然柳弥现在算不上坑蒙拐骗,但的确殷勤得像是给黄楚言挖了一个坑。

黄楚言吃蛋糕的动作一顿,她讪讪地放下勺子,说:"我就知道这蛋糕不能乱吃。"

柳弥没气馁,绕着黄楚言劝了许久,理由有:海市是一个很美的地方。她来海市上大学,自己在海市开冲浪民宿,两姐妹可以经常见面。

以及……

"你在同一个地方待这么久,真的没考虑过看看外面的世界吗?"柳弥拍了拍她的肩膀,"你就没学会我'爱玩''爱出去看看'这些优点!"

黄楚言扭头看她,说:"你是想把我骗到海市,方便差使我,让我给你的咖啡店帮忙吧?"

柳弥被戳破心思,也不觉得尴尬,笑得更加夸张:"如果真是这样,这店就不只是我的了,也有你的一份。"

黄楚言最后松口,说是要考虑考虑。

她本来只是想要考虑考虑,但不知自己是不是被柳弥蛊惑得失了心智,之后的几天她真的一直在看海市的大学,甚至还找到了一个很合适的专业。

不知不觉间,她心中的天平竟然真的慢慢倾斜向从未想象过的那个方向。

做下决定后,她先是和柳一妍说了。

母亲听说是柳弥提议的,想着两人待在一个城市,遇到困难的时候能互相帮衬,以及海市的那所大学并不比省内的这所差,最后还是同意了。

将母亲说服后,黄建阳那边就更好说了。柳一妍打了一通电话,黄建阳就松了口。

于是,九月,黄楚言在柳弥期待的目光下,提着行李来到海市。

Chapter 08 / 重遇

　　上大学后的第一个小长假期，韩梓昕就飞过来找黄楚言玩。

　　韩梓昕的高考成绩也比她想象中高。她本想去上个国内知名的艺术学院，后来又改变想法，进了黄楚言最开始想去的那所大学，报的专业是中外合作项目，学费高一些，录取分数也低一点儿。

　　她爸妈之后想送她出国留学。

　　两人见面后，都觉得对方变了不少。

　　在黄楚言眼中，韩梓昕变得更加漂亮。在韩梓昕眼中，黄楚言黑了一点儿，看起来比以前更加干练。

　　她们约在黄楚言学校附近的一间咖啡店见面，吃吃蛋糕，聊聊天，气氛轻松愉悦得像是回到了高中她们做同桌的那段时间。

　　韩梓昕问起黄楚言最后怎么突然换了志愿来到海市读大学。

　　"我当初答应我爸妈留在省内，有一部分原因是听你跟我说要去那个学校，最后你却不来了，我那时候真的慌了！"

黄楚言说这件事说来话长："不过现在还算顺利吧……就不多说了。"

韩梓昕吃了一口蛋糕，她想到什么，放下勺子，说："哎，不过我在学校里碰见的高中同学比我想象中的多。"

黄楚言说："嗯？"

"胡稚见，夏礼芸，还有……还有乔嘉恒。"韩梓昕看向黄楚言，"他考这么好居然也留在省内！"

黄楚言舔了舔干涩的嘴唇，说："可能他不想离家太远吧。"

她有一段时间没听见"乔嘉恒"这个名字了，现在听见真有些恍惚。

"嗯，我听说他是单亲家庭，肯定不好离家太远，不过……"韩梓昕的声音忽然降低，"当初高考结束后，我们不是猜测他会不会立刻谈恋爱吗？人家没谈。现在上大学了，一进学校就是风云人物，追他的人排队排得……他真是，到哪里都吃香。"

黄楚言瞥她一眼，等着她继续说。

"但是他都拒绝了。开学没多久，表白墙都有他的照片，食堂、篮球场、综合楼、学生街也有……我都不需要去了解他的动态，表白墙上都有。昨天他还去吃麦当劳了……"说着，韩梓昕打开手机找照片。

黄楚言莫名有些抵触，但又想看。在她纠结矛盾的时间里，韩梓昕已经将照片找出来，献宝似的呈现在她的面前。

黄楚言只粗略地看了一眼，就挪开视线，但大致扫过的那张脸却清晰地印在了脑子里。

"他越来越帅，而且气质还干净，怪不得这么多人追。"韩梓昕继续说，"不过他真的太难追了。听说有个直系学姐天天陪着他上课，他也没想和学姐发展。"

黄楚言继续吃蛋糕，像是没认真听，但几秒后，她还是说："很难追吗？不太难追啊。"

至少，她当时只是跟了他几天，就把他追到了。

和韩梓昕分别前，黄楚言加了她们学校的表白墙。

韩梓昕说她就是对乔嘉恒余情未了。

黄楚言不认同她的说法，但用"只是想看看他现在过得怎么样"这种理由又太虚假拙劣。

不过韩梓昕并不想硬逼着她承认什么，少女的心思都是这样复杂，嘴上说着不感兴趣，背后却偷偷关注，这种事很正常。

回到宿舍后，黄楚言将表白墙翻了个遍，果然看见很多乔嘉恒的照片。就像韩梓昕说的那样，大多是同校同学的投稿，照片有偷拍的，也有抓拍的，但每张照片里的乔嘉恒都很帅气。

黄楚言想要保存几张照片，但又觉得自己这种行径太过变态，忍了忍，她还是退出了这个账号。

之后，黄楚言就成了这个大学的表白墙经常访问用户。

她闲着没事干就会点进表白墙看看有没有关于乔嘉恒的新投稿，但也许是大家的新鲜劲儿过了，又或许是大家知道他是铜墙铁壁，难以接近，三四个月后，墙上几乎没有他的照片了。

黄楚言又花了一段时间将看别人学校表白墙的这一习惯

戒掉。

然后，乔嘉恒也被她戒掉了。

周一到周五，她忙着学习的事，周末她会去柳弥的店里帮忙。

时间就这样过得很快，在海市需要穿上夹克外套的时候，很少发动态的乔嘉恒突然发了一条朋友圈。

黄楚言是在食堂吃晚饭的时候刷到的，一张图片和一行字。

他发的是：冬天快乐！

图片是一个女孩儿戴着毛茸茸的帽子的自拍照。女孩儿看起来比他们小一些，脸上的稚气没褪，笑得眼睛弯弯，青春的气息扑面而来。

黄楚言盯着照片打量了很久，才关上手机，继续吃饭。

不过一顿饭她吃得异常慢，到最后米饭都凉了，室友也催她快点儿。

黄楚言放下筷子，说不吃了。将餐盘拿去回收处后，她再打开朋友圈，发现乔嘉恒又把那条动态删了。

她把手机揣回兜里，轻声说："没意思。"

很快，大学开始放寒假。

黄楚言回到黄建阳身边。那天，黄建阳带着黄楚言去见自己的同学，车辆正好从六中门口经过，这时，黄建阳突然降低车速，按了两下喇叭。

正在路边的乔嘉恒停下脚步，他回头看。黄建阳摇下车窗。

乔嘉恒叫了一声:"叔叔。"

黄建阳许久不见他,热情地问:"你回家吗?我捎你一段?"

乔嘉恒只是往后座看了一眼,黄建阳就按了车窗解锁按钮,说:"坐后面吧。"

副驾驶座放着他的衣服。

乔嘉恒迟疑了几秒,最后还是没拒绝,走向后座。

黄楚言识相地挪屁股。

乔嘉恒坐在她旁边,膝盖都合拢在一起。

黄楚言看向窗外,不知要说些什么。乔嘉恒也沉默着。

这时,车里唯一的大人,造成这样尴尬局面的始作俑者就要用说话这种方式来打破宁静了。

黄建阳问:"嘉恒,你上大学还适应吗?我好久没见你了。"

乔嘉恒"嗯"了一声。

黄建阳接着又说了一些类似"认真学习""争取做国家栋梁"之类的勉励的话。乔嘉恒还会应上两声,黄楚言倒是紧闭了嘴巴,一声不吭。

终于,车子行驶到小区楼下。

乔嘉恒打开车门就要往下走。黄建阳让他等等,说着,他从包里掏出一沓人民币,说:"好好照顾你妈。"

乔嘉恒不收钱,说了句"谢谢叔叔"后拔腿就走。

黄建阳在他身后喊:"等等啊!收下!"

乔嘉恒摆手谢绝,继续往前走。

黄建阳扭过头,把那沓钱塞到坐在后座的黄楚言手上:"你下去给他送过去!"

"人家不要。"黄楚言拒绝。

"你赶紧去,就说是新年红包。"黄建阳催促。

黄楚言不情不愿地开门下车。她下车磨蹭,所以如果想要追上乔嘉恒,她需要跑两步。

黄楚言喊乔嘉恒的声音有些颤抖:"你等等!"

乔嘉恒停下脚步,回头看过来,女孩儿已经跑到他的面前。

她喘着气,嘴唇微微发白。

黄楚言担心他又跟她推拒,所以直接将钱塞到他的衣服口袋里。

他明显是没反应过来,愣了一下,她的手就已经缩回。他的口袋里多了一些重量。

"我爸说是新年红包。"她解释道。

乔嘉恒没说话,只是看着她。

黄楚言将双手揣回兜里,说:"新年快乐。"

乔嘉恒抿抿嘴唇,说:"你也是。"

他的眼睛里没什么情绪。

但黄楚言看出来了,他的祝福不是真心的,他应该希望她不快乐。

黄楚言回到车里后,黄建阳问她:"收下了?"

"嗯。"

黄建阳满意地发动车子。

黄楚言打开车窗,让寒冽的风吹进车里。脸被风吹得都有些僵硬了,但她的心脏还是跳得很快。

除夕夜,乔嘉恒的同学来找他玩。

路上的店面几乎全部关闭,他和几个朋友准备去江边放烟花。

学校附近的那条江边已经聚了不少和他们相同年纪的人,他们也是来放烟花的。

不远处,还有好几个小摊贩在卖烟花。

他们走近后,朋友去挑烟花了,乔嘉恒却走向另外一个方向。

朋友买完烟花之后,回头找乔嘉恒,发现他手里提着一个塑料袋子,里面装满了金黄的小蛋糕,梅花状的。

"你怎么去买梅花小蛋糕了?"

乔嘉恒说:"我突然想吃。"

之后,朋友几人在江边放烟花,对着天空大呼小叫。乔嘉恒只是安静地坐在石椅上,往嘴里塞了一个又一个的梅花蛋糕。

快到十二点的时候,周围的人们情绪高涨,兴致勃勃地倒数着时间。乔嘉恒的心情没什么波动,也不觉得触动,他依旧低头刷手机。

十二点,他在朋友圈里刷到了一条新的动态。

是黄楚言发的:新年快乐。

配图是一张她在爬山的背影照。

他点开照片,将角落里的那个红色身影放大。她穿着红色的外套，扎着麻花辫，麻花辫落在肩上，看起来俏皮又有活力。

这时，天空此起彼伏地炸开烟花，黑幕被成片的光芒照亮，他隐在夜色中的脸也被微微点亮。

他在这样吵闹欢愉，普天同庆的时刻，隐秘地露出了笑容，安静又迅速地将照片保存了下来。

黄楚言在黄建阳身边待了几天，又被柳一妍接走了。

寒假临近结尾的时候，黄建阳又打电话来，喊她回去，说乔芝琳要请他们父女俩吃饭。

"什么？"

黄建阳似乎觉得难以启齿，磨蹭了几秒才说："你乔阿姨要结婚了，过两天要在酒店办婚礼，喊我们过去吃喜酒。"

黄楚言一愣，当时她和乔嘉恒见面的时候，他完全没说起这件事。

她想了想，问："你答应了？"

"她都打电话过来邀请了，我们正好有空，就过去送个祝福。"

黄楚言答应下来，说几天之后就回去。

乔芝琳办婚礼的那天，黄建阳载着黄楚言去办婚礼的酒店。

路上，黄楚言问黄建阳怎么还和乔阿姨有联系。

"也没怎么联系，就是去年你填志愿的那段时间，她过来问我，说是你和嘉恒的成绩差不多，想要参考一下你考哪个大学。我想着你们文理科又不同，应该没什么可比性，但她问了，我就说了。我说你要考省内那所学校,没想到你后面又变卦了。"黄建阳回忆道,"不过我听说嘉恒就是报了那所学校,也顺利上了?唉,如果你也是这所学校,你们在同一所学校应该也会互相照顾。"

黄楚言听着他的话,脑中浮现出一个可能性。

她越想心脏跳得越快,浑身的血液正因为这没有一点儿证据的幻想发烫翻滚。

终于,车停下了。

黄楚言跟着黄建阳走进酒店。

婚礼现场很是华丽,宴会厅摆了十几桌宴席。他们来得不算早,十几张桌子都坐满了人。黄建阳带着黄楚言在角落找了一张稍微空一点儿的桌子坐下。

黄楚言摘下帽子,抬眼朝主桌看过去。

她没瞧见乔芝琳和乔嘉恒,反倒是在主桌附近看到了乔嘉恒发在朋友圈里的照片上出现的那个女孩。

她穿着粉色的套装裙,白嫩的脸被酒店里的热气蒸得红通通的,眼睛很亮,让黄楚言想到小鹿之类的动物。

她想,乔嘉恒和这个女孩儿发展这么快,都把她带来母亲的婚礼现场了?

黄建阳不知道她心中的想法,转头和身边跟他差不多年纪的男人交谈起来。

那个男人说他也是乔芝琳那边的亲戚,知道她们母子这些年过得不容易,很高兴她现在有了好归宿。

黄建阳听得表情尴尬，笑了笑，就打算闭嘴。

这时，男人看向黄楚言，问："这是你女儿？长得这么漂亮。"

"嗯。"黄建阳回答。

黄楚言笑了笑，叫了声"叔叔好"。

"她多大了？"

"去年刚上大学。"黄建阳回答。

男人说自己也有一个儿子，在读大二，和乔嘉恒从小一起玩儿到大。

听到乔嘉恒的名字，黄楚言稍微又竖起耳朵。

男人拍了拍身边的空位，说："这小子刚才还在这里，现在可能去找嘉恒了。"

他又看向黄楚言，说："哎，等会儿等他来了，你们可以聊一聊大学的事。"

黄楚言温顺地点头。

男人听到黄楚言在海市读大学后，声音又提高了一个度："哎，我儿子也在海市读大学，还挺有缘分！"他脸上的笑意愈加浓烈，"有机会的话，你们可以交个朋友。"说完，他又补充一句，"我儿子还没对象。"

黄建阳直截了当问："你儿子帅吗？"

男人指了指自己，说："跟我长得挺像。"

黄建阳开玩笑地摇头："那不行！"

身边两人聊得投机，黄楚言的注意力却一直放在大门口。她没见到乔阿姨，也没等到乔嘉恒。

没一会儿,男人的儿子回来了。他爸立刻向他介绍黄楚言:"你们都在海市上大学,可以交个朋友,之后有空儿了也可以一起出去玩。"

黄楚言尴尬地笑笑,那个同龄人看起来却像是有兴趣,一屁股坐到她身边,说自己的名字:"我是陈梓秉。"

黄楚言想起他和乔嘉恒是朋友,便多看了他两眼,并没有多抗拒。

陈梓秉的性格不错,和他聊天的时候,黄楚言并不觉得难受。两人一来一回,聊得还算投机。之后陈梓秉掏出手机,说要加她的微信,之后上学了可以约出来玩。

就在黄楚言拿出手机同意好友申请的时候,陈梓秉看向她身后,叫了一声:"乔嘉恒,这里。"

黄楚言的心脏猛地一跳,手指停在半空中,顿了一下才点下同意键,然后在备注处填下他的名字,边打还要边问:"是这三个字吗?"

陈梓秉凑过来说:"木辛梓,秉烛夜游的秉。"

两个脑袋几乎凑到一起。

黄楚言不知自己突然加快的心跳是因为不熟稔的人的靠近,还是身后乔嘉恒的动静。

正确输入这三个字后,她稍微往后面退了退,抬起眼睛,看见乔嘉恒在陈梓秉旁边的座位上坐下。

他是今日主角的家人,但穿得并不是很正式,还是一副大学生的模样,就和表白墙上的装扮差不多,黑色卫衣外套和休闲裤，还戴了眼镜。

黄楚言发现他的头发长了一些，额前的发尾已经垂到了镜框上了。

乔嘉恒和桌前的几位长辈一一打过招呼，然后就低下头。

陈梓秉发觉他在自己身边坐下，转头伸手去搭他的肩膀，问："叔叔阿姨准备好了吗？"

乔嘉恒抬起头，镜框边角反射现场的光，黄楚言被晃了一下眼睛。她再定睛看向他的时候，发现他将眼神投在远处，没在看她，也没和陈梓秉对视。

他用一个轻轻的"嗯"字回答了陈梓秉的问题。

陈梓秉又问："那我们什么时候能开席？我饿了。"

乔嘉恒说："快了吧。"说完，他又低头拨弄自己的手机。

陈梓秉见他不怎么想说话，撤回自己的手，继续和黄楚言聊天。

黄楚言和乔嘉恒中间隔着陈梓秉。

她不自然地将说话的音量提高，确保自己说的话能够钻进乔嘉恒的耳朵里。

她也想不清楚自己这么做的原因。

陈梓秉问她："你怎么跑到那么远的地方去上学？"

黄楚言觉得说来话长，想了想，说："我耳根子软，被人劝了两句就改了志愿。"

"什么？谁劝你啊，男朋友吗？"陈梓秉对此颇有兴趣。

黄楚言的余光落在一直低头的乔嘉恒身上，说："不是，我没有男朋友。"

陈梓秉笑着说:"我猜到了。"

黄楚言问:"怎么说?"

"不知道怎么说,但看你的模样,就知道你不好追求,而且很冷漠,是那种不喜欢就会狠狠拒绝的人。"陈梓秉推测道。

黄楚言说他猜得不错。

陈梓秉又问她在学校里的人气怎么样,有没有人追求她。

这种话题其实对刚刚见面的人来说有些逾矩。

陈梓秉这人容易翘尾巴,嗅到一点儿能够放肆的味道,就会得寸进尺。他将黄楚言当作不谙世事的小学妹,见她几乎什么问题都回答,看起来对自己似乎有点儿意思,便忍不住一而再再而三地试探。

若是放在平时,黄楚言根本不会理他,但乔嘉恒在旁边,她这些话都是说给乔嘉恒听的。

"不少。"她这样说。

陈梓秉又笑道:"我就知道。"

两人又聊了一会儿,黄楚言甚至不自然地赔上笑容。

之后陈梓秉和她聊起海市的一处景点,问她之前有没有去过。

黄楚言摇摇头。

"那等开学后,我带你去。"陈梓秉兴致勃勃地说。

当黄楚言点头答应的时候,一直坐在一边沉默的乔嘉恒突然起身。

黄楚言的视线忍不住往上抬,和他对视上后,她发现他在望着自己,那双眼睛有些模糊,像是起了雾。

他一言不发地往前走。

陈梓秉叫住他,问:"你去哪里?"

乔嘉恒说:"女朋友找我。"

陈梓秉和黄楚言皆是一愣。

"啊?他什么时候有女朋友了?"陈梓秉一脸疑惑。

黄楚言的脑海中出现那张女孩儿的自拍照,说:"没有吗?他之前在朋友圈里发过。"他甚至把她带到母亲的婚礼上。

"他还发朋友圈啊?我怎么不知道。"陈梓秉嘟囔。

黄楚言没回答,思绪早就跟着乔嘉恒的身影一起飞走了。

陈梓秉将话题绕回来,但黄楚言现在已经没耐心多听了,甚至懒得敷衍。她沉默着,对着眼前的白色桌布出神。

陈梓秉问了她几个问题,她都没听进去,甚至不知道他是在和自己说话。

不知过了多久,她终于抬起头,陈梓秉一脸期待地看向她,她却突然起身,像刚才的乔嘉恒一样,转身往外面走。

陈梓秉问:"怎么了?"

"我出去透透气。"黄楚言这样说,然后跟着乔嘉恒的脚步,往外面走。

走出宴会厅的大门,就是酒店的大堂。

这里明亮,来往的人很多。黄楚言环顾四周,并没有看到乔嘉恒的身影。

酒店大门口多了很多潮湿的脚印，酒店职员拉着红色的地毯走过来，在门口铺上后，又搬来放雨伞的架子。

黄楚言望向正在运作的旋转门。

原来是下雨了。

天色已经暗了，酒店门口有不少车辆经过，车前射出的灯光一下一下晃过。她稍微别过头，透过酒店的玻璃，她发现了乔嘉恒的身影，但他身边没有女朋友。

她走出去，和他隔着几米的距离，跟他一样，对着潮湿的雨幕出神。

很快，乔嘉恒就发现了她。

他愣了一下，然后直接扭头看她，就这样直白地盯着她，跟刚才坐在陈梓秉身边的模样很不一样。

黄楚言也别过头看他。

两人对视着，都没说话。

黄楚言的身体渐渐热起来，复杂酸涩的情绪莫名涌起。她想说些什么，但又不知该说什么。

不过，她总是沉默冷静，所以此刻，她依旧能装作平静。

乔嘉恒先开口，呼出白气："你和他交换联系方式了？"

黄楚言一愣，说："嗯。"

"哦。"

她问："你的女朋友呢？"

乔嘉恒似乎没想到她会问这个问题，表情僵住了。他想到什么，扯了一下唇角，说："学你的。"

黄楚言没话讲了,她在思考着他为什么要撒谎,为什么要学她,然后又不可控制地想起那个春天,想起她和他之间的博弈追赶,没完没了地兜圈子……

"你不知道吗?我待在那里不好受。"

乔嘉恒的话将她的思绪拉回来:"我不想待在那里,所以出来了。"

等黄楚言反应过来的时候,发现他正死死地盯着她。

周围很暗,她却一下看清了他眼里的悲伤。

她的心脏狂跳,嘟囔:"我怎么会知道。"

乔嘉恒想笑,她怎么会不知道,她这么聪明,怎么会看不出他对她还是这么在意。

他见不得她像刚才那样对着别人笑,殷勤地接别人的话,那一点儿都不像他认识的黄楚言。

她是变了,还是真喜欢上陈梓秉了?

他刚才就一直在想这个问题。

乔嘉恒移开眼神,冷冷地说:"他谈过很多女朋友了。上个月才和前女友分手。"

他说这样的话,是想让黄楚言看清陈梓秉的真面目。

陈梓秉当然是他的朋友,但他不想黄楚言就这样和陈梓秉在一起,于是慌不择路地,卑劣地在陈梓秉的背后说起坏话。

黄楚言揣度着他说这些话的理由,但现在风太冷,又夹着雨,吹在她脸上,她只觉得自己的五官都被冻僵了,脑子也开始迟钝了。

她说:"哦,但是和我有什么关系?"

说话的人是这个意思,但听的人却听成了另一种意思。

黄楚言是真觉得和她没关系,但落在乔嘉恒的耳朵里,就变成了——黄楚言毫不在意陈梓秉的过去。

乔嘉恒不知道应该再说什么,只是觉得胸膛里闷闷的。他用力呼吸,空气很凉,吸进去的气将他的身体冻麻,他甚至隐约尝到一点儿血腥味。

不知过了多久,乔嘉恒说:"我们当时为什么一定要分手?"

黄楚言想过,如果她能够和乔嘉恒好好说话,他肯定会问她这个问题,于是她也曾经在脑中预想过无数遍她会怎么回答这个问题。但即使想过千百遍,她也没得出一个能够让乔嘉恒和自己都满意的回答。

她不想说谎,但自己实在想不明白这个问题的答案。

为什么一定要?其实不一定要。

但是她当时就是这么做了,坚决地推开他,伤害他。

"我不后悔当时这么做。我对不起你,但是我做得没错,重来一次我也会这样。"

她说她不后悔,重来一次也会拒绝他。

乔嘉恒就知道,她对他从来都绝情,也高傲地觉得自己没做错任何事,所以重来一次,他依旧会被她抛下,会被她毫无理由地拒绝。

他咬咬牙说:"嗯,幸亏你当时说了那些话,让我及时醒悟,没浪费时间。"

黄楚言听出他话中的讽刺味道，心脏微微抽了一下。他用她说过的话来回敬她，将两人的距离又拉远。

她苦涩地开口："我们不是什么仇人吧？"

乔嘉恒的眼睛瞥过来，他的声线平平，说出的话比此刻的风还冷。

"这不是看你吗？你觉得我们会是什么关系？这不都是由你说了算吗？"

黄楚言扭头看他，觉得他恨死自己了。

"乔嘉恒！"

这时，身后突然传来喊他的声音。

黄楚言看过去，发现是那张照片上的女孩儿。

女孩儿的目光在她和乔嘉恒中间转悠了两圈，最后定睛在乔嘉恒的身上，说："我的项链卡着头发了，你能帮我弄一下吗？"

乔嘉恒看了黄楚言一眼，自觉两人的对话还没结束，但眼前的事如果不解决，他和黄楚言也没法继续谈话。于是，他对黄楚言说："你等我一下。"

他快步跑过去，帮刘智涵弄被卡住的项链。

女孩儿问他："那个女生是谁？"

乔嘉恒说是"朋友"，然后手上的动作更快："我和她还有一些事要说，你赶紧进去坐吧，外面冷。"

刘智涵本想再说些什么，却发现乔嘉恒看起来很严肃，不敢惹他。弄好项链后，她乖乖进去了。

而乔嘉恒转过身，发现刚才站在身后的黄楚言已经消失了。

这时，风突然变大，卷着细雨，一阵凉意扑面而来。

他呆呆地站在原地。

黄楚言本来就不是那种会等着他的人。

当他回到宴会厅的时候，发现黄楚言已经坐回自己的位置，正和陈梓秉聊得开心。

黄楚言坐下没多久，婚礼开始。

乔芝琳是牵着乔嘉恒的手入场的，全场掌声雷动。

黄楚言听着司仪的话，觉得眼眶湿热，再去看自己的父亲，他也盯着台上的人。

黄楚言能看出父亲眼里的愉悦和欣慰，他脸上带笑，很真诚地在祝福乔芝琳。

从舞台射出的灯光投在每个人的脸上，将黄建阳脸上的浅浅沟壑照得十分清楚，也将他那双带着诚挚情感的眼睛照得更亮。

结婚仪式结束后，宴会厅重新打开大灯。黄楚言吃了一点儿东西就离场了。

就像乔嘉恒刚才和她说的那样，她待在这里也不是很舒服。具体是为什么，她说不出来。明明是值得庆祝的事，喜气洋洋的日子，她却觉得心里闷，提不起劲儿。

她走的时候，乔芝琳正带着乔嘉恒过来敬酒。她如坐针毡，脑子里都是刚才乔嘉恒对她说的那些话以及他讽刺又失落的表情。

她担心等会儿又要面对他，于是可耻地逃跑了。

晚上十一点，黄建阳才到家。

黄楚言让他赶紧收拾收拾去睡觉，不知不觉间，她变成了催促父亲早睡的人。

她长大了，黄建阳却变成顽童，红着一张醉酒的脸，躺在沙发上，看着手机里的照片。

黄楚言走过去看了一眼，看到他和乔芝琳一家人的合照，里面不止有乔芝琳的丈夫，还有乔嘉恒和那个女孩儿。

还不等黄楚言问，黄建阳便指着那个女孩儿的脸说："这是那个叔叔的女儿。"

"什么？"

"就是和你乔阿姨结婚那人带过来的女儿。"

黄楚言恍然大悟，她低头认真去看照片。

照片里，乔芝琳和丈夫站在中间，黄建阳站在她丈夫的身边，乔嘉恒和那个女孩儿并排站在乔芝琳身边。

女孩儿正别过头看乔嘉恒，两人的肩膀靠在一起。

黄建阳说："她应该要叫乔嘉恒哥哥。她还在读高中，是你乔阿姨的学生，跟着你乔阿姨学古筝的。"

黄楚言觉得女孩儿应该不会甘心叫他哥哥。她看向乔嘉恒的眼神，黄楚言很熟悉，青涩懵懂的、带着倾慕的情绪。

她想，乔嘉恒似乎总摆脱不掉被"妹妹"看上的命运。

之前是她这个假妹妹，如今又有了真妹妹。

也不知道他们最后会是什么结局，千万别像她和乔嘉恒这样。

她不知道乔嘉恒对她还有没有留恋,但讨厌她,恨她的情绪一定是强烈的。

而她清楚地认知到自己在伤害他后,对他还有眷恋。

Chapter 09 / 投网

寒假结束后,黄楚言回到海市上学。

这个学期过得很快,黄楚言在学校和民宿之间奔波,周一到周五上课,周末去民宿帮忙。一学期很快就到了末尾。

其间,陈梓秉约了她几次出去玩,但她都拒绝了。

除了和乔嘉恒的这层关系,她并不想和陈梓秉有什么联系,但耐不住陈梓秉热情,他似乎时间很多,经常给她发消息,见她油盐不进,还说起当时她明明就答应了要和他见面,怎么天天用没空的理由推脱他。

黄楚言也觉得不遵守承诺不大好,于是放假后,约了陈梓秉在柳弥的民宿见面。

陈梓秉坐在咖啡厅里东张西望,打量着周围的环境。

黄楚言在吧台做了一杯莫吉托,端到他面前,说是请他的。

陈梓秉惊讶她还会做这个。

黄楚言笑了一下,没说什么。

陈梓秉看向她,说她和当时在婚礼现场时很不一样。

黄楚言说："嗯？"

"你当时挺热情的，我说什么你都会回应我。之后我联系你，你都不怎么理人。现在见面了，我发现你觉得我有点儿烦，是不是？"他做人通透，也乐于把话说清楚。

他脸上带着笑，并没有责怪的意思，可能是知道自己的确挺烦人的。

黄楚言回忆了一下，想起自己当时的反常行为，只是因为乔嘉恒坐在旁边而已。

她澄清道："没有，是我当时有些反常，现在才是我对朋友的正常态度。"

对他这种朋友的态度，是平时不联系，连坐在一张咖啡桌边都要隔着三个人的位置。

陈梓秉问："当时你为什么反常啊？"

黄楚言盯着他，思索着自己要怎么回答。她想了一会儿，觉得说出实话并没关系。

乔嘉恒已经这么讨厌她，她做什么都不会让现下的情形更差了。

"当时是因为乔嘉恒在场，所以……"

陈梓秉瞪大眼睛，黄楚言继续说："因为我和他是前男女朋友的关系，所以我在他面前有些不自然。"

陈梓秉倒吸一口气，说："你们谈过恋爱啊？不是，我和乔嘉恒认识这么久，就听他说起过一个女孩。是上大学之后，我和他出去玩，他说漏嘴的。"

黄楚言点点头，说："我就是那一个。"

陈梓秉皱着眉，想起什么似的继续说："啊？怪不得你，哦，对，你怎么突然跑到海市来读大学了？乔嘉恒当时就是因为前女友才去的这所大学，没想到被人放鸽子了。不是，就是你放了他的鸽子啊？"

黄楚言一愣，沉默了几秒才沙哑开口："他从没和我约定过。我不知道他想和我上一所大学。"

"他脸皮薄吧，当时他不是被甩得很惨吗？听说还是好不容易打听到前女友去哪里上大学，偷偷填了一样的志愿，开学了才知道人家最后没去这所大学。我们当时直接跟他说，是两人没缘分。他当时还因为这句话和我们闹脾气了。现在大学不是也上了一年了吗，他像是对女生一点儿兴趣都没有，联系方式通通不加。啊……怪不得那天办婚礼的时候，他看起来那么奇怪。一开始他还和我有说有笑，一看到你，一张脸就像被黄连水泡过，苦得不行。"

陈梓秉知道她是乔嘉恒的初恋后，那张嘴就再也闭不上了。

黄楚言静静地听着，心中情绪复杂。她知道自己伤害了乔嘉恒，但不知道这样的伤害到底是什么样的。陈梓秉将它具象化，用形象生动的语言描述，让她能够清晰地想象出乔嘉恒当时的模样。

于是她的心像是被刀子刺过一样，后知后觉地疼起来。

黄楚言只回道："他应该很讨厌我。"

陈梓秉摆摆手，说："其实不是的。我们只知道他受情伤很深,但每次说起那个初恋,我们要骂她的时候,他都不让说一个字。"

黄楚言抬眼看他,脸上露出苦涩的微笑。

陈梓秉最后走的时候,问她之后会不会再和乔嘉恒联系。

黄楚言摇头说不知道。

她在今天知道了一些秘密,的确有一股强烈想要见他的冲动,可稍微冷静下来后,她又会告诉自己:即使这样,又能怎么样呢?

她在无意间放了乔嘉恒的鸽子,阴差阳错地和他错过。

他不允许别人说她的坏话,这又代表什么呢?

这能说明,他对她的留恋比恨多吗?

她不知道。

陈梓秉指了指民宿的招牌,问:"这里整个暑假都会开着吗?"

黄楚言点头。

陈梓秉又问:"你暑假会在这里吗?"

"大概率会的。"

又是一个酷暑日,乔嘉恒提着一个行李箱来到民宿。

当时黄楚言正在吧台做咖啡,她听见了门口的动静,顺口说了一声:"你好,是来办理入住吗?请问有在网上预约吗?"

"嗯,有的。"乔嘉恒这样回答。

黄楚言发现来者是乔嘉恒后,直接愣住。

她踟蹰出声："你怎么……"

乔嘉恒平静地望向她，说："陈梓秉一直邀请我来海市玩，我暑假才有空，我来了他又说自己暑假回家了。他告诉我，你在这个民宿工作，说你这里环境不错，我就来了。"

他说了挺多话，黄楚言只听清大概意思，是陈梓秉让他来的。

她点点头，表情有些微妙，问："哦，那你一个人？"

"不是，我在海市也有认识一些朋友，不会天天待在这里的。"他的意思是他不是特地来这里见她的，让她别自作多情。

黄楚言大概听懂他的潜台词，点头表示知道了。

"好，我帮你办理一下入住。"她这样说。

乔嘉恒走过来，将身份证给她。

两人隔着一个柜台，沉默着。黄楚言低头操作电脑，其间还有精力用余光去观察乔嘉恒的手。

他没什么话要问她，放在柜台上的手指却一下一下轻点着柜面，看起来焦虑，又或者是赶时间。

这时，身后的楼梯传来动静。

男人踩着拖鞋从楼上下来，他对着黄楚言说："楚楚，辛苦了啊，等会儿我给你买西瓜。"男人因为刚醒，声音还微微沙哑着。

黄楚言扭头看向男人，笑了一下，说："现在去吧。"

男人嘟囔："你就知道欺负我？"

黄楚言说："你已经欠我五个西瓜，三根甘蔗，还有数不清的冰棍了。"

"凑齐十个西瓜，我一起给你买。"

她又数落了他几句,等她回过头的时候,微微愣住。

黄楚言发誓,她就花了十几秒和钟迟说话,但眼前乔嘉恒的表情却不悦得像是她把他晾在一边儿十个小时一样。

她说:"马上就好。"

他拿回自己的身份证,说:"嗯。"

乔嘉恒提着行李箱上楼的时候,钟迟正好从椅子上起身,于是两人擦肩而过。

乔嘉恒看了钟迟一眼,眼神并不和善。

钟迟被顾客无端的恶意搞得有点儿蒙,视线跟着乔嘉恒挪过去,但他只能看见对方跩得不行的挺拔背影。

"怎么了?他看起来脾气不是很好。"钟迟走向前台,指着乔嘉恒的方向,小声问黄楚言。

黄楚言摇摇头说不知道:"你姐呢?"

"还在睡午觉。"

钟迟是柳弥的高中同学。前段时间,柳弥在夜市上无意间碰见他,问清楚他是来海市度假以及他现在是失业的状态后,随手将他招进民宿做兼职。柳弥本以为钟迟只能做一些洗被单之类的打杂工作,没想到钟迟拿了咖啡师资格证,还会调酒,对他们民宿的酒水吧台做出不小的贡献。

于是,他摇身一变,从兼职变成酒水吧台的顶梁柱,也成功挤进了本来只有柳弥、黄楚言两人的民宿管理团队。

柳弥说他这算是技术入股,让他好好干,如果民宿因为这个酒水吧台火起来,他是有分成的。

柳弥这些话听起来很像是画大饼,但钟迟这人性格随性,也没多计较,直接就跟着老同学干活了。

钟迟比黄楚言年纪大,也把她当作自己的妹妹,平时他都叫她"楚楚",也没想到今天这声"楚楚"在无意间触到了某人的逆鳞,还让人误会了。

乔嘉恒进了房间后,打开窗户,看窗外的风景。

民宿的地理位置好,他住的楼层也不低,眺望过去可以看见一片海。

正是中午,炽烈的阳光洒在波光粼粼的海面上,跃起碎金。他吐出一口浑浊的热气,然后转身,倒进那张并不算很大的床。

他来海市的行程计划得非常匆忙。

昨晚他听陈梓秉说起黄楚言在这里兼职,挂掉电话后,他就订了第二天最早来海市的飞机票。他半夜收拾行李的时候,还被乔芝琳发现了。

她问他怎么突然收拾东西。

乔嘉恒说要去外地找朋友玩几天。

"可是我们不是约好了过几天全家人要去青城看海吗?"

乔嘉恒一愣,说自己忘了,说:"没事,过几天我会去的。"

乔芝琳问:"哪个同学?"

"高中同学。"

"你去哪里玩,还要收拾这么多行李?"

"海市。"

乔芝琳琢磨着"海市"这两个字，突然想起来："楚言也在海市读大学。"

乔嘉恒抬头看向母亲，轻声问："是吗？"他装出不知道的模样。

"对啊，之前她说要在本地读大学，后来不知道怎么的突然改变主意了，听说是填报志愿前几天改的。"乔芝琳说，"要我去问问楚言暑假在不在海市吗？"

乔嘉恒收拾东西的动作一顿，说："不用，我和她见面做什么。"

"也是，那你记得到时候来青城。你不来，智涵肯定不开心。"

乔嘉恒点头答应，说："好。"

收拾好东西后，他躺在床上，怎么都睡不着。冷静下来后，他开始为自己冲动的行为寻找正当的理由。可即使他真想出了能够说服别人的正当理由，也无法欺骗自己——他去海市的真正原因就是不正当的，就是抛下自尊，就是将自己的脸面送到黄楚言面前让她践踏的。

他想见黄楚言，所以头脑发热，抛下一切就这么做了决定。

天还没亮，他就提着行李出门。他在小区楼下吹了一会儿冷风后，稍微清醒一点儿了，但胸膛里的心依旧跳得很快。他想，它可能会这样持续加速跳动到他见到她的那一刻。

之后就是漫长的交通时间。他坐飞机、乘高铁、坐大巴，最后还打了车，好不容易在中午到达了陈梓秉和他说的地方。

不过，好在他推门进来就看到了黄楚言。

距离上次在婚礼上见到她,已经过去半年。这半年,他没得到关于她的一点儿消息,只是凭着那些甜蜜到发苦的记忆一直延续着自己那看不到尽头,望不到结局的期待。

他知道自己被她耍得够狠,但还是没办法狠心将她忘记。

从昨晚开始,乔嘉恒脑中的那根弦便一直绷着,又在路上奔波了半天,此刻终于在床上躺下,他的身体放松下来。房间里萦绕的淡淡香味和刚才他在黄楚言身上嗅到的味道很像。于是,他就这样想着黄楚言,陷入了梦中。

周围很安静,他一觉睡醒,发现天已经黑透。

他看了一眼时间,已经是傍晚。他起床稍微收拾了一下自己,然后下楼。

民宿一楼很热闹,除了黄楚言和刚才那个男人,那张长桌附近又多了一个女人。

女人先发现他,扬声问他要不要吃西瓜。

黄楚言这才看过来,和他对视一眼后又挪开视线。

乔嘉恒摇摇头,说:"不用了。"

女人又问:"你是要出门?"她看起来很热情,也有一种主人翁的随性,乔嘉恒猜她是民宿的老板。

乔嘉恒点头。

女人又说:"那你晚上应该找得到回来的路吧?"

她这民宿坐落在建筑群中,附近也有不少民宿。一般人第一次来是需要找一会儿的,因为不知道该从哪个小窄巷子穿进来，在哪个拐角向右转。

"晚上十二点之前，都能打前台的电话。如果你找不到路的话，前台会去接你的。"说完，她看着黄楚言笑，"是吧，前台？"

黄楚言低着头，没说话。

乔嘉恒点点头就走出去了。

黄楚言终于抬起头看他的背影，直到他彻底消失。

柳弥和钟迟聊起乔嘉恒："他长得这么帅……应该是来海市度假的大学生。"

"不过他的脾气不好啊，中午来办入住的时候，瞪了我一眼。"钟迟碎碎念。

"嗯，我看出来了，性格不是很好，感觉是没睡好？"柳弥推测道。

"可能只是看我不爽。"黄楚言终于说话。

"为什么？你胡说什么，他对你爱而不得吗？"柳弥问她。

其实柳弥根本不认识乔嘉恒，也不知道他就是黄楚言分手的那个初恋，却没想到玩笑的一句话也能歪打正着。

黄楚言的耳尖一热，说："吃你的西瓜吧！"

乔嘉恒出门是因为约了朋友。他在海市真的有不少朋友，或者说，他在哪里都有朋友。他在别人那里总是被拥戴的，唯独在黄楚言这里吃瘪数次。

但让他来到海市的理由确实就是她，是对他不屑一顾的黄楚言。

约他的是几个高中同学，他们正好在海市度假。

乔嘉恒在房间里醒来后，就随口说了自己也在海市。朋友们知道他莫名出现在海市后，立刻将他约出来，他也很快答应——因为他在几个小时前，在黄楚言面前，正好用过这些朋友来证明自己那垂死挣扎的自尊心。

他们一起吃了晚饭，之后又去酒吧喝酒，坐在一起聊高中的事。

不知不觉，已经十一点半了。

乔嘉恒喝了一些酒，但算不上醉，只是觉得脑袋发热，注意力有些难以集中。

但他盯着时间，思考着现在距离晚上十二点还有多久。意识到只有半个小时之后，他突然站起来，说自己该走了。

"去哪里啊？"

"回民宿。"

"别回了，今晚去我们订的地方住吧，再玩一会儿！"

乔嘉恒拒绝了，说自己该走了。

朋友拦不住，只能放他走："明天再约？"

"好。"乔嘉恒答应下来，说完，他就起身和周围的朋友告别。

他往酒吧外面走，没注意到有人也跟了上去。

走在室外，被晚风这么一吹，乔嘉恒稍微清醒了一些。酒吧离民宿并不远，他出门前就算好了，大概走十分钟就能到民宿。他加快脚步，打算在十二点之前到民宿附近，然后给前台打电话，让黄楚言出来接他。但他没想到自己刚走出酒吧没几步就被人喊住。

他回头看过去,发现是夏礼芸。

刚才她也在酒桌上,但她没怎么和他说话。

高中毕业后,他就没怎么和她联系了。他依稀记得毕业的那个暑假,她似乎约过他出去看电影,但他用考驾照的理由拒绝了。之后,她就没再找过自己。

夏礼芸见他停下脚步,快速跑上来,说:"我也要回民宿,一起走吧。"

乔嘉恒一愣,问:"你跟我顺路吗?"

"你往哪里走?"

乔嘉恒指了一个方向,夏礼芸说顺路的。

乔嘉恒赶时间,脑子被酒精荼毒得迟钝,便也没多想,点点头就拔腿往前走。

其间,夏礼芸似乎有些跟不上他,问他为什么这么急。

乔嘉恒看到不远处亮着的民宿的灯,说:"我怕来不及。"

"什么?"

"没有。"

夏礼芸跟着他一起走的时候,问了他不少问题,比如为什么留在本地读大学,怎么突然来海市玩。

他着急,没多思考,就直接回答了:"我不想跑太远。想见一个人。"

然后夏礼芸又问他为什么当时没有陪她去看电影。

乔嘉恒愣了一下,停下脚步,扭头看夏礼芸,说:"因为我没兴趣。"

夏礼芸的表情一僵，说："哦，我知道了。"

"那你现在还是单身吗？"她这样问。

天知道她问出这样的话用了多大的勇气，她憋得脸和眼睛都泛红了。

"是的。"乔嘉恒点头，说着，他突然停下脚步，在一个空旷的地方站住。

他拿起手机，对她说："我到了，你呢，你的民宿在哪里？"

"就在前面。"夏礼芸指了指前面的建筑群，那里有一大片民宿。

"好，那你回去吧。"

"你不往前面走了？"

"我要在这里等人接。"

乔嘉恒打通电话，对着电话说了几声后，嘴角莫名向上扬，回头见到夏礼芸还在原地，他问她："你还不回去吗？"

"我陪你等一会儿吧。"

"不用。"

"你为什么还要人来接啊？"

乔嘉恒摸了摸自己发热的脸，然后慢慢地蹲下来，抬眼看夏礼芸，慢悠悠地说："我找不到回去的路。"

就在夏礼芸疑惑的时候，身后传来急促的脚步声。

身后那人像是跑过来的，她远远就听到那人喊了一声"乔嘉恒"，于是蹲着的人转了方向，他眼里的光几乎要迸出来。

夏礼芸回过头，在看清来人之后，她疑惑道："你怎么在这里？"

黄楚言喘息着，头发被风吹得有些乱。她先是低头看了一眼蹲着的乔嘉恒，又望向夏礼芸，回答她的问题："我在这里的民宿做兼职。"

夏礼芸看向乔嘉恒，她在这几秒的沉默中突然意识到了什么："这么巧。"

夏礼芸笑道："你是来接他回去的吗？"

黄楚言皱着眉说："应该是，他打电话说他找不到回去的路。"

夏礼芸盯着乔嘉恒看，最后只是一笑，什么都没再对他说。

她朝黄楚言走过去，说："他喝了一些酒，不知道醉了没，麻烦你把他安全地带回去吧。"

黄楚言说"好"。

等夏礼芸离开之后，一直蹲着的乔嘉恒才站起来，他问黄楚言："你们认识？"

黄楚言朝他走近两步，说："高中的时候我参加过诗歌朗诵，和她讲过两句话。"

"她当时也在吗？"乔嘉恒似乎是知道这个活动，但不知道夏礼芸也参加了。

他只记得黄楚言站在最后一排。

黄楚言点点头，说："你跟着我走就行了。"

乔嘉恒"嗯"了一声，似乎也没有多余的话要对她讲。

黄楚言走在前面，乔嘉恒跟着她。两人一前一后走着，回去的路程有五分钟，其间，乔嘉恒的思绪飞到过去，飞到那个潮湿的春天。

他想：她当时就是这样跟着自己的，那当时的她在想什么呢？

五分钟很快就结束了，他们回到民宿。

黄楚言走进吧台，乔嘉恒从她眼前经过。

她看清他被酒精熏红的脸颊和莫名有些湿润的眼眶。

他走得很快，一下就从她的面前掠过，而她也用很快的速度说了句："好好休息。"

乔嘉恒的脚步似乎停了一下，但也只是一瞬，他就恢复正常速度，爬上楼。

黄楚言在前台发了一会儿呆，一看时间，已经十二点半，比柳弥老板要求的下班时间晚了半个小时了。她将前台收拾了一下，准备回屋休息。

当她准备离开的时候，前台的电话响了起来，她接通了，听见乔嘉恒的声音。

他的语气平淡，很客气地问有没有热水。

"有的。"

"可以给我送上来吗？"

黄楚言想起夏礼芸说他喝了酒，说："可以，你等一会儿。"

她挂断电话后，去烧水，还从冰箱里拿出几块下午没吃完的西瓜。西瓜利尿，能加速代谢，对解酒应该有些效果。

她走到房间门口的时候，发现门没关，似乎是为她开着。

她推开门进去，屋里没开灯，她站在门口，稍微咳了一声。

床那边传来窸窸窣窣的动静,应该是他从被窝里爬起来的声音。

啪的一声,他将床头灯打开。

屋里有了光源,她能看清他。他躺在床上,头发凌乱,鼻尖和眼眶都有些红。

黄楚言往里面走近一步,说:"这是热水,我还给你带了一点儿西瓜。"

"我不吃西瓜。"他盯着西瓜说。

黄楚言的动作一顿,说:"这个解酒。"

乔嘉恒在昏暗中开口:"你能把水给我拿过来吗?我没办法过去。"

"可以。"黄楚言往前走,将热水和西瓜放在床头柜上。

她垂眸和他对视上,环境安静,房间里也开了空调,但她就是感到一阵燥热,空气似乎都因为她升温。

她说:"东西放这里了。你要是还有事,可以给我打电话。"

乔嘉恒问:"你愿意照顾我?"

黄楚言的耳朵发痒,她盯着他的眼睛,不知道他是什么意思,为什么要用这种讽刺的话来挑衅她,还是他只是单纯想找她的碴儿?

她站直身体,自上而下地看他,说:"愿意,你是客人,我给你送水又不算什么。"

"那你刚才跑出来接我,也只是因为我是客人?"他的声音有点儿沙哑,带着鼻音,让黄楚言莫名想到他哭的样子,想起那滴眼泪。

她的心脏又像刚才狂奔时那样剧烈跳动:"你想要什么答案?"

"你知道我要什么答案。"他静静地看着她。

"你是要我说,我忘不了你,因为是你,所以我才跑着去见你吗?"她用尖锐的语气,说着让人心痛的话。

乔嘉恒张了张嘴,又说不出任何话——他发现他们莫名其妙地吵了起来。

他的太阳穴突突地跳着,他用力地呼吸着,安静地看着她。

黄楚言见他没话要说就要走。

但在她转身的那一瞬间,他握住了她的手腕,似乎只是下意识的动作,因为他就这么握了一下就松开了。后知后觉到自己的行为太过鲁莽无礼,他收回自己的手。

黄楚言却因为他的这个动作,下定了决心。

她回过头,在他的床边坐下。

乔嘉恒愣住了,身体都僵了,眼睛却一直盯着她。

黄楚言看着他发红的眸子,问:"你是喜欢我多一点儿,还是讨厌我多一点儿?"

现在明明不是适合这样剖开一切说清楚的时刻,刚才他们还在吵架。乔嘉恒不知她要做什么,却看不惯她这样冷静平淡的模样,他的胸脯起伏着,说:"讨厌。"

黄楚言似乎是想笑,轻轻地"哼"了一声。

她在微弱的灯光中捕捉到他的眸子,说:"哦,那又怎样。"

乔嘉恒有一种那个春天里的黄楚言又回来了的感觉。当时的她就是这样，自以为是地和他相处，逗他，爱问令他难堪的问题，得到答案后又用随意的样子说"哦，知道了"，好像她只是随便问问，得到什么回答都没关系。

乔嘉恒总觉得自己太蠢，蠢到认真去回答她的问题。

现在也是。

他很蠢地回答了一个自以为能够赢她的问题，但她根本不在意。

她说："那又怎样？"

然后，她在昏暗中凑过来吻他。

乔嘉恒的大脑一片空白，身体像是被下了诅咒般，变成了无法动弹的机器。

她亲了他，然后抵着他的额头，盯着他的眼睛说："你不是说，我们的关系都是由我说了算吗？"她说着，又亲了他一下，"我说，你就算讨厌我恨我，我们也是可以继续的关系。"

她的嘴唇摩挲着他发热的嘴唇，说："乔嘉恒，是你自投罗网的。"

乔嘉恒终于反应过来，他摁着她的肩膀，将吻加深："嗯，是我自投罗网的。"

吻里带着酒精的气息，让人微醺。

黄楚言的心跳很快，她喘息着，觉得自己可能要死了。

接吻似乎会折叠时间和空间。

总之，等黄楚言反应过来的时候，她已经和乔嘉恒一起陷进床里。她忽然想起来，这张床似乎还是早上她亲手铺的。

他们亲得有点儿久，这个吻长到黄楚言已经想清楚自己想要得到什么了。她发现在这样和他亲密的时刻，困扰了自己许久的问题都迎刃而解了。

她依旧想不清楚自己以前为什么那么做，只知道现下想要抓住他，于是就抓住，仅此而已。

她摸着乔嘉恒烫得吓人的脸，又问他一遍："你是喜欢我多一点儿，还是讨厌我多一点儿？"

乔嘉恒给出的是一样的回答："讨厌你。"然后他又吻上去。

他在让讨厌的人说不出话来。

他的确讨厌她，想到她的很多时候都怀着不好的情绪，愤懑、失落，希望她过得不好，最好不要比自己好。他想他绝对讨厌她，但是在她主动靠近他的时候，他又像条哈巴狗一样凑上去。

他讨厌她讨厌得要死，也喜欢她喜欢得要死。

黄楚言已经不在意他嘴硬时说的话了。

他们在床上滚作一团，接吻像在打仗，手压着手，腿制约着腿。薄薄的空调被在身体之间乱作一团，像绳子一样将两人捆住，让他们无法动弹。

最后两人分开嘴唇，就着被困住的姿势，大口大口地呼吸。

空气中只有他们喘息的声音。

黄楚言先笑出声，乔嘉恒低头去扯身上的被子。将两人从空调被中解救出来后，他重新翻身上来，压住黄楚言的身体，发热的脸贴着她的，呼吸缠绕在她的脖颈处，然后一下下地啄吻，像在断断续续地吸她的血。

她胡乱地摸着他的身体，想要将手往里面伸，却被人拉住。

一直在吸她血的人别过头，沉溺的眼神逐渐恢复清明，他盯着她没说话。

黄楚言笑着问："你又拒绝我？"

乔嘉恒喷出的热气洒在她的脸上，她觉得自己的脸湿润润的，不知是汗还是泪，或者是她的错觉。

乔嘉恒问她："你喜欢我吗？"

他不像刚才亲热时那样放荡，庄重又诚恳，严肃得像是在等待审判的结果。

听了这话，黄楚言想笑，最后她却忍不住哭，她流下眼泪，哑着声音说："你说呢？"

还是她最习惯的反问句，却给了他最肯定的回答。

乔嘉恒松开了她的手，将脸贴着她的脸，克制地呼吸着。几秒之后，他又摸索到她的手掌，十指相扣，他轻声问："那我们试试？"

他嘴上这么问，但还没等到她说话，他另一只空着的手已经在暗处摸索着。

黄楚言的手心冒汗。

他俩在床上胡乱动着。乔嘉恒去摸床头柜的东西，发现黄楚言在看他后，他伸手捂住她的眼睛，说："很快就好。"

但他笨手笨脚的，做这事并不熟练。

黄楚言没催他，只是安静地等待着。

她湿润的睫毛在他的掌心扫过第十五下的时候，他挪开手掌，重新和她接吻。

他们在对方身上体验过酸涩，像未熟果子的滋味，苦意在舌尖盘旋几年都无法消散，又在此刻从对方身上探索名称中有个"爱"字却又让人痛的事。

但苦过似乎就是甘。

当黄楚言累到没力气的时候，她忘记哭，忘记接吻，只是在他耳边说道："对不起。"

她一直告诉自己没做错，却也时时刻刻忘不了他的那滴泪，他一个个落寞的背影。

乔嘉恒吻她，说自己不要她的道歉："你只要特别特别喜欢我就好了。"

他们在说一直想和对方说的话。

黄楚言说："他们说你很难追。"

乔嘉恒抚摸着她的头发，只是笑，没说话。

黄楚言又说："我跟他们说，你明明很好追啊，我只用两条腿，在你身后跟了一段时间，就把你追上了。"

乔嘉恒让她别说这些。

黄楚言不肯就这样结束话题，她翻个身和他对视，声音慵懒："我看了你们学校的那些女生，都很好，漂亮又高挑。"

"你也漂亮。"乔嘉恒眨了眨眼睛。

"你为什么不喜欢别人？"黄楚言认真地问。

乔嘉恒捏着她的指尖，沉吟了一会儿，才说："不知道，我就是喜欢你。"他说，"一下雨我就想起你，看见自行车也会想起你，看见高中生也会想起你。我总是想起你，还怎么喜欢别人呢。"

对乔嘉恒来说，他和她的那段记忆是潮湿的、微痛的，像风湿一样，在雨天就会发作。它带着无法延续的遗憾，深深地刻在他的身体里，他没法翻篇，无法向前走。

黄楚言听着他的话，心里一阵酸涩。

她是在被人追的时候会想起他，看见情侣的时候会想起他，想接吻的时候会想起他。

对她来说，那段记忆是欢愉的，应该停止在该停止的地方。

虽然她也会觉得遗憾，但她已经说服自己往前走，并且也已经在慢慢实行了。

黄楚言想起什么，和他坦承："我们学校有一个男生喜欢我……我差点儿就答应他了。因为他和你好像，宽肩，戴眼镜，眼睛也像，但他不会像你一样流泪。我想象不出他流泪的样子，然后就一直想起你哭的模样。"

她不喜欢他哭，但她忘不了他哭的样子，只要一想起来，那种熟悉的心慌和痛感也会席卷全身。他的那滴泪也拖累了她往前走的脚步。

乔嘉恒有些不满道："你不准说别人和我像。"

黄楚言盯着他的脸，似在打量，最后说："真的。"

下一秒，她被他拿捏住，她叫出声，笑着求饶说不像。

他们睡到日上三竿才醒来。乔嘉恒昨晚喝了酒,睡得沉,睁眼的时候发现黄楚言已经起床了。

她穿好衣服,坐在椅子上,吃着民宿里拿来当作欢迎礼物的水果。

听见他的动静后,黄楚言扭头看他,说:"你醒了?饿吗?还有个香梨。"

乔嘉恒摇摇头,躺回床上缓了一会儿,在确定昨晚发生的不是梦或者是自己的幻觉后,他爬起来,走进厕所去洗漱。

黄楚言打开手机,发现一大早柳弥就给她发了消息,问她去哪里了,在房间里怎么找不到她。

黄楚言回复:我出门玩了,今天我又不用上班!

柳弥回复:呵呵,你没有一点儿对公司的爱。

乔嘉恒从厕所里出来的时候,发现黄楚言又在吃盘子里的香梨。

她看起来真的很饿。

她正低头玩手机,背对着他,背影看起来小小一团,他应该能完全抱住她。

乔嘉恒走上前,从后面将她搂住。她吓了一跳,反应过来后,又将手上吃一半的香梨递到他的嘴边。

乔嘉恒摇头说不想吃。

黄楚言说:"你是真不饿呢。"

乔嘉恒"嗯"了一声,然后贴着她的脸去亲她冰凉的嘴唇。

一大早又像是被火烧起来一样,黄楚言被他抱在怀里,这姿势并不适合挣扎，于是只能妥协。等到嘴被亲得又软又热，他又将她从椅子上捞了起来。

黄楚言手上的香梨都差点儿拿不稳，她推了他一下，将香梨放回桌上，问他做什么。

乔嘉恒不回答，只是拉着她往床边走，意思不言而喻。

黄楚言往下面看了一眼，耳尖又红了起来。她一下滚到床的最里面，用被子将自己裹住，只露出一双眼睛。

乔嘉恒迫不及待低头亲她，黄楚言回吻他，眼看着火就要点燃，门却被敲响。

乔嘉恒起身，过去开门。

黄楚言听见柳弥跟乔嘉恒说话的声音。

乔嘉恒关上门的时候，黄楚言的手机正好振动，她伸手去摸，看到是柳弥给她发的消息。

黄楚言还在打字的时候，手机被乔嘉恒抽走，他问她在和谁聊天。

黄楚言说："表姐。"

乔嘉恒并没有看别人手机的不良嗜好，他只是问了一句，想让黄楚言将注意力收回来，放到他身上，放到正事上。

一回生二回熟。

他们开始之前，将窗帘拉上，他们在昏暗中继续喘息着探索。

结束后，黄楚言缩在他怀里，他将她整个人圈住，呼吸湿热。两人身上都泛着潮意，但也不觉得难受。

黄楚言又往他怀里钻,说:"我更喜欢和你抱着。"

乔嘉恒听后,将她抱得更紧,低头吻她的额头,但只是一会儿,他的手又开始胡乱摸。

她就像浸在春雨里的一张纸,一开始锋利得能划伤人,后来就慢慢软了。

两人再次醒来已经是下午,乔嘉恒的手机响个不停,他拿起来看,发现是昨天的那群同学。

他想起自己昨天答应了他们要出去玩,但现在,他看向怀里还在睡觉的黄楚言,低头回复:今天不行,我有点儿事。

朋友问:啊?什么事啊?那明天呢?

乔嘉恒毫不犹豫地爽约:也不行,之后回去了再约吧。

这时黄楚言也醒来,两人重新洗漱。

黄楚言说要带他去附近的夜市吃饭,乔嘉恒幸福地笑,答应下来。

黄楚言看着他亮亮的眼睛,觉得这人太容易满足。

Chapter 10 / 猫尾

傍晚，两人从乔嘉恒的房间里走出来，黄楚言让乔嘉恒先下楼。

乔嘉恒猜到她是不想被同事发现自己和他在一起，也没多说什么。

前台只有柳弥一人，他出去的时候，柳弥朝他友好地笑笑。

五分钟后，黄楚言经过前台，被柳弥拉住。她问黄楚言去哪里了，怎么一整天不见人影，不是说出去玩儿，怎么又从楼上下来了。

黄楚言说自己中午就回来了，她没看见而已。

柳弥将信将疑，但也没多计较。

黄楚言担心乔嘉恒等太久，甩了柳弥的手就往外面走："我再出去一趟，晚点儿回来，你早点儿休息。"

两人在离民宿五十米的路口碰面，乔嘉恒一见到她，就去牵她的手。

黄楚言挣扎了一下，但他似乎知道她会这样，握得紧紧的，不让她有任何挣脱的机会。

　　黄楚言刚才挣扎也只是意思一下，她本就不抗拒和他牵手，便任他一直牵着了。

　　两人步行到附近最热闹的夜市一条街，正值旅游旺季，夜市街道不算窄，但依旧让人感到拥挤。乔嘉恒担心和黄楚言走丢，将她牵得紧，就算和人摩肩接踵，他也不肯让黄楚言离他半米远。

　　他们喝了最新鲜的西瓜汁，吃了最肥美的烤生蚝，还吃了汤粉和油炸串……黄楚言为了让乔嘉恒吃得开心，几乎把自己觉得好吃的东西都献上去，点的分量还不少，但她至多只能吃两口，剩下的就都丢给乔嘉恒。

　　两人吃得满嘴是油，一脸满足。

　　他们来到街尾，这里人少一点儿，海风也比人密集的地方大，但黄楚言依旧觉得热，浑身的毛孔都在往外排汗。

　　走到一半儿的时候，身后突然有人喊乔嘉恒的名字。

　　两人回过头，发现是几个同龄人，是今天被乔嘉恒爽约的朋友。

　　几人站在他们身后十几米的地方，远远看见乔嘉恒，就大喊他的名字。

　　乔嘉恒转头和黄楚言说是他的朋友，见黄楚言往后面退了一步，猜到她不想和他们多社交，于是松开了她的手，说："那你在这里等我一下。"

　　黄楚言捏了一下他的手心，说"好"。

男孩儿往前跑，和几人迎面撞上，他挡住朋友们探头看过来的眼神。

黄楚言觉得他大概是在和他朋友解释她和他的关系，但他还在为自己的重色轻友道歉。

几分钟过去，他好不容易将朋友说服。

他说自己要去陪人了，转身却发现本应在他身后的黄楚言消失不见了。

不知为何，刚才空旷的街道突然多了许多人，他的眼神扫过附近每个人的脸庞，都没发现黄楚言。

他低头给她打电话，但她没接。

听筒那头无法接通的提示音响了很久，他才反应过来，将电话挂断。

他不可自控地想起一些不好的记忆，婚礼那天似乎也是这样——他让她等他，她却将他丢下。

他好像总是跟不上她的脚步，不管是恋爱还是填志愿的时候，他只是停顿了一下，她就消失不见了。她总是先他一步开慧，先爱他，又先不爱他，填了志愿后又突然更改。

他总是慢她一步，所以他习惯性地请求："等我一下，好吗？"

但她从来不等他。

风又突然大起来，吹得他的皮肤发冷，甚至连骨骼都在战栗。

当乔嘉恒慌张到心悸的时候，有人拉起他的手腕，接着，他的手里多了一份冰凉的东西。

他先低头看自己的手，是一个鲫鱼饼冰激凌，他再抬起头，就看见黄楚言的笑脸。

她拿着手机，说："你找不到我？我就在超市里买冰激凌。你看这个冰激凌，就是我之前请你吃的那种，你记得吗？"

乔嘉恒有些恍惚地说记得。

将一整个冰激凌吃完后，他的口腔和手指都冻得冰凉，但嘴里的甜味让他安定下来。

他这才提起刚才自己在脑中打的那场仗，但语气轻松，像在开玩笑："我以为你又耍我，要把我丢在这里，自己走掉。"

黄楚言一愣，想起她在婚礼上逃跑的那次，有些愧疚，也觉得心疼。

她握着他的手，说："不会的。"

他冰凉的手指稍微回暖，没说话，黄楚言重复一遍："以后不会了。"

乔嘉恒决定相信她，回握住她的手，说："好。"

他们在民宿前的路口停下，像早上那样，乔嘉恒先回民宿，黄楚言在外面吹五分钟的风后再跟着进去。

柳弥问她一天都去哪里玩了。

黄楚言坐在前台，伸了一个懒腰，说："就随便走走。"

快到夜里十二点，柳弥准备回去睡美容觉，她打着哈欠上楼。黄楚言则是等着她进房间后，转进乔嘉恒的房间。

其实两人今天一天都腻在一起，但乔嘉恒刚才还是给她发了消息，让她过来一趟。

黄楚言问：需要什么客房服务？

乔嘉恒说：你说得太不正经了。

黄楚言说：我说的是我们民宿的客房服务！

乔嘉恒又说：我就是想看你一眼。

黄楚言进了乔嘉恒的房间，发现他不在，浴室的门关着，暖色的光线从门缝流出来。

断断续续的淅沥水声勾起缠绵柔软的回忆。

黄楚言摸了摸自己泛红的耳朵，还是觉得此地不宜久留。

她真的打算和乔嘉恒见一面就离开，她今晚想好好睡一觉。

这时，浴室门被打开，乔嘉恒走了出来，他洗了头，额前的湿发软软地搭在眼睫毛上，他的上身穿着 T 恤，下面是宽松的短裤，看起来清爽干净。

他见她在房间里等他，露出笑容，问她来多久了。

黄楚言说就几分钟。

"你不是说就看我一眼，看完了，我可以走了吗？"黄楚言问。

乔嘉恒说："不可以。"

乔嘉恒先坐在椅子上，然后伸手将黄楚言拉过来，让她站在他的双腿间，接着，他仰视着她，将干净的毛巾递给她，让她帮自己擦头发。

"这也是客房服务？"黄楚言问。

乔嘉恒厚颜无耻地点头。

黄楚言骂他两句，手上开始动作，她胡乱擦了两下，就被乔嘉恒制止。

他说要给差评。

黄楚言说无所谓，然后将他的头发弄得更加乱糟糟。

两人闹了一会儿才消停。

黄楚言开始正经地帮他擦头发，乔嘉恒也没再和她贫嘴。

他问她："你整个暑假都要在这里吗？"

黄楚言想起柳弥，说："大概吧。"

"是签了什么合同吗？"

"不是，因为我是这家店的股东。"

"嗯？"

"我没来得及和你说，老板娘是我表姐。"

这个话题结束后，黄楚言问起他们家的事："我没想到阿姨就这么结婚了。"

"嗯，我也没想到。大一上学期的国庆，我去机构接我妈，正好碰见刘叔叔给我妈送花。我妈回去后就跟我说，刘叔叔是她学生的父亲，最近追她追得火热。"

黄楚言问："之后你怎么说的？"

"我只问了我妈，对她来说，这样的追求是不是负担，如果是的话，我可以出面解决，但她摇头了，我就没多加干涉。又过了半个月，我妈突然给我打电话，她明明着急，但是又支支吾吾说不出话，最后她才说是刘叔叔向她求婚了。"乔嘉恒看向黄楚言的眼睛，说，"她问我怎么办？我说我支持她的所有决定。所以寒假的时候，她就挑了一个日子办了婚礼。"

黄楚言听出他话外的苦涩，却也没再提起那段对两人来说都称得上是兵荒马乱的回忆。她开玩笑地问："刘叔叔人好吗？比我爸靠谱吧？"

乔嘉恒笑了笑，点点头说："挺好的。"

"那就行。"

黄楚言觉得他的头发干得差不多了，她准备收起毛巾的时候，又想起他那条莫名其妙的朋友圈，于是手腕一转，沾了水的毛巾直直地朝乔嘉恒的脸上扑过去，猝不及防地将他的整张脸都盖住。

乔嘉恒想要去扯毛巾，但双手又被黄楚言提前攥住。她甚至屈起右腿，将右边的膝盖压在他的大腿上，整个人都压在他的身上。

乔嘉恒什么都看不见，只能透过毛巾的粗糙纤维的缝隙，大致分辨清她和他之间的距离，以及他能通过感官，在脑中想象出黄楚言正以什么姿势对着他。

思维发散得很快，身体开始发热，全身的细胞在振奋，于是需要的氧气更多。但他的脸被毛巾捂着，稀薄的空气根本不够他使用，于是胸脯开始剧烈地起伏。

他喘息着叫她的名字："黄楚言。"

她的声音就在他耳边响起："嗯。"

"你在做什么？"他的声音嘶哑。

黄楚言一愣，其实她一开始只是想逗他一下，然后对他兴师问罪。但眼下的画面大大超出她的预想——他仰着头,脖颈毫无保留地展现在她的面前,她甚至能看清他皮肤生长的纹理,喉结在小幅度地上下滚动。

他似乎是觉得难以呼吸,张开了嘴,盖在脸上的毛巾勾勒出他脸颊的轮廓,他一吐一纳,毛巾也在随着他的呼吸起伏。

明明是看起来痛苦的画面,黄楚言却莫名觉得……

她不敢再压在他身上,她收回了自己的膝盖。

她担心他真喘不过气,将毛巾拂去,见他一张脸憋得红通通的,眼睛湿润。

她很着急,正想问他有没有事,他却摁住她的后脑勺,将她往下压,就这样吻了上来。

他握住她的手腕,往下扯,让她整个人都坐在他的腿上。

黄楚言有些被吓到,也没挣扎。当乔嘉恒把手伸进她衣服里的时候,她也只是安静地往他怀里钻。

她承认,刚才乔嘉恒那副"濒死"的模样勾起了她的欲望。她忘了自己最开始进房只是让他看自己一眼,也忘了她今晚想要好好睡一觉。

乔嘉恒问她这次怎么这么主动。

黄楚言盯着他的眼睛,说:"我想让你再死一次给我看。"

最后两人都几乎死了,全身汗津津的,像是刚被人从水里捞出来一样。他们抱在一起,接吻喘息。

黄楚言忘了问朋友圈的事。

乔嘉恒也忘了问她,为什么好好的,想要自己死。

第二天，乔嘉恒一大早就接到乔芝琳的电话，她问他什么时候回家："再过两天我们就要去青城了。"

乔嘉恒屏住呼吸，小心翼翼地从被子里挪出来，走到窗边，他看着黄楚言在床上睡得香甜的模样，对话筒说："嗯……我可能去不了了。"

乔芝琳问怎么了。

"我在海市这里碰到很好的朋友，想和她再玩儿几天。"

乔芝琳问："这么好的朋友啊？"

乔嘉恒"嗯"了一声，说："之前我们因为一些事吵架，很久没联系，现在又在海市碰见，想和她多玩儿几天。"

听他这么说，乔芝琳也没再多说，只是想到一些棘手的事："智涵那里……"

"她都那么大了，又不是没我陪她就会怎么样。"眼见床上的人就要醒来，乔嘉恒有些着急地说，"我之后跟她说吧，你别担心。"

挂断电话后，他挪到床边，等着女孩儿睁开眼睛。

黄楚言睁眼就看见他的脸，脸上的笑容比意识更早苏醒，她笑着推开他的脸，翻了个身继续睡。

乔嘉恒凑过去亲她的肩膀，等她发出烦躁的哼唧声，他见好就收，起身出门去买吃的。

他回来的时候，正好在前台碰见柳弥，她正要和他打招呼，他却提早殷勤地递上刚买的水果和面包。

柳弥一脸疑惑，说："给我的？"

乔嘉恒点点头,笑着说:"这几天麻烦你了。"

"怎么这么客气,你不是客人吗!"柳弥脸上的笑容加深,她觉得这个男大学生不仅长得帅、能干,还有礼貌、性格好。

乔嘉恒挠挠头,说:"嗯……还是感谢你。"

柳弥望着他上楼的背影,摸了摸自己的耳朵,在疑惑自己刚才听到的声音是不是幻听。

她好像听见他说:"之后会变成家人。"

黄楚言醒来的时候,发现乔嘉恒坐在椅子上打电话。

她起身去厕所洗漱,出来的时候,乔嘉恒还没结束通话。

对方似乎是一个难缠的角色,乔嘉恒皱着眉,嘴巴都要说干了。

黄楚言隐约听到"智涵"这两个字,她漫不经心地靠近他,一只手去拿面包,另一只手放到他的后脖颈上。

他扭头看她一眼,笑了一下,又给她递牛奶。

黄楚言摇摇头,让他把牛奶放在桌上。

他低头继续打电话,然后呼吸忽然一紧,没再说话。

另一头的刘智涵见他不说话,问他到底在忙什么。

乔嘉恒"嗯"了一声,说:"我真的有事。"

麻利挂掉电话后,他去握黄楚言已经伸到他前胸的手。

他问她要做什么。

黄楚言见他已经结束通话,一下将自己的手抽出来,然后在他身边坐下,说:"没什么,就是随便碰碰。"

乔嘉恒知道她这又是耍他的意思，但他已经不像从前那么好糊弄，被占了便宜也要讨回自己应得的。

黄楚言问他："智涵是谁？"

乔嘉恒说是妹妹。

黄楚言早知道打电话的人是他妹妹，得到这样的答案也不觉得意外，只是搂着他的脖子，在他耳边问："我当初也想做你妹妹，你怎么不让？"

乔嘉恒的吻落到她的眼睛上，说："你不能做我妹妹，我不要你这样的妹妹。"

"那我是你的谁？"

"爱人。"

之后刘智涵又打来几通电话，没办法，乔嘉恒只能和她说了实话，说自己在海市碰见自己喜欢的人了，舍不得走，所以不肯离开海市。

刘智涵在那头愣了几秒，气冲冲地说了一句："我就知道！"然后挂掉电话。

乔嘉恒的耳边终于清静下来。

他本以为这样就铲除了他和黄楚言约会道路上的所有绊脚石，却没想到黄楚言隔天就开始上班了。

她在前台招待客人的时候，乔嘉恒就坐在吧台边上陪她。

她担心他无聊，催他出去走走看看，但他的屁股就是不肯挪动一下。

黄楚言只能换着花样给他的杯子续上喝的，果茶、鸡尾酒，轮流给他上，还要问他最好喝的是哪一款。

乔嘉恒每一杯都说好喝，连苏打水都给了很高的评价。

黄楚言摇摇头，决定不再相信他的话。

她觉得恋爱中的男人都会变成白痴。

他们就这样在前台卿卿我我了几天，柳弥就算是盲人也能看出端倪。

黄楚言便没再瞒她，柳弥知道真相后，震惊地瞪大眼睛，最后还是说："不过你的眼光真不错。"

黄楚言说："学你的。"

柳弥满意地笑道："这个学得好。"

第二天，柳弥看见乔嘉恒帮着顾客搬行李，调侃说自己免费雇了一个员工。

乔嘉恒个子高，身体壮，干这些活儿正好。

他这张脸也是店里的招牌，只要他在民宿门口一站，经过的游客都要抬头看看他们民宿的招牌。

黄楚言说："就按兼职的薪水给他结算吧。"

柳弥瞪大眼睛。

乔嘉恒摇摇头，说："这只是举手之劳。"

柳弥评价乔嘉恒"上道"，却没想到几天之后，这个"上道"的兼职员工要带着自己的员工跑路了——黄楚言要和乔嘉恒走。

"你别说得这么严重,我就是请几天假。"黄楚言给柳弥顺气。

"现在是旅游旺季,你要跟我请假?你以为你是说走就能走的员工吗?你是我们民宿的大股东!"

黄楚言让她放心:"现在又不是很忙,而且现在大家都自助入住,钟迟也能帮上忙。"

柳弥还是觉得黄楚言这时候走太不厚道,有"重色轻亲"之嫌疑。

"我回去见见高中同学,在这里有些待腻了。"

柳弥虽然嘴上不留情,但最后还是同意了。

之前她总担心黄楚言不谈恋爱,也没什么朋友,害怕她出什么心理毛病,如今她和大帅哥谈恋爱,还要回去找高中同学,她其实是松了一口气的。

晚上,黄楚言在房间里收拾行李的时候,柳弥进来和她聊天。

她问黄楚言他们当时为什么分手。

黄楚言说:"说实话,我也不知道自己当时为什么铁了心要和他分开。之后我琢磨了很久,觉得最大的原因是我比较自私。"

但黄楚言并不觉得自私是一件坏事,她想要保护好自己,而自私能让自己得到最大的利益。

"我以为谈恋爱是一件能带来愉悦、温暖和满足的事,但是我发现它会影响我,让我的计划无法实施。和他谈恋爱,让我自己偏离了应该走的轨道。"

她永远忘不了和他分开后自己面对生活的茫然，以及意识到这样茫然后，她身体里涌起的恐惧。

回忆到这里，她突然真挚起来："我怕跟不上你的脚步。"

她看向柳弥，说："你一直都是我的榜样。"想到什么，她又笑道，"我因为你，一直前进，没想到你却停下来了。"

柳弥能明白黄楚言的意思，她知道黄楚言小时候为了讨好柳一妍做出的努力。

黄楚言努力向她学习，也只是为了能够得到柳一妍的称赞。

她考得好，才能大方地用成绩来交换一个"让妈妈陪我一天"的愿望。

这样畸形的交换机制一直控制着黄楚言的童年和青春期，于是，向表姐学习这件事也变成了习惯，成了刻在她骨子里的东西。

不需要思考，她的身体就会行动，所以在她因为恋爱而停下追逐，无法集中注意力的时候，身体里的习惯就在控诉着她的背叛。

她恐惧自己的背叛，于是只能割断一切有嫌疑的源头。

"那我现在停下来了，你也应该想想你要做什么，而不是一味地跟着我。"柳弥轻声说。

黄楚言说："我在想啊，但我觉得跟着你的生活也不错。我现在跟着你，不是因为我需要跟着你，是因为我想跟着你。我现在过得挺开心的。"

柳弥松了一口气，说："那就好。"她故意夸张地说，"我只给你批半个月的假，十五天后必须回来，我们民宿没了你，没办法运作的！"

黄楚言答应下来。

乔芝琳结婚后，就搬去和丈夫一起住了，原来的房子只有乔嘉恒住着。

乔芝琳也劝过乔嘉恒几次，让他搬去跟他们一起住，但乔嘉恒说自己还是习惯原来的房子，也想要有自己的私人空间。乔芝琳考虑到他已经迈入了一个新阶段，便没多阻拦，由着他去了。

如今乔芝琳和丈夫以及他的女儿去旅游，再没有人能够打扰他们。

这间充斥着高中回忆的屋子就是独属于他俩的安乐窝。

黄楚言只在回来的第一天约了韩梓昕见面，之后就一直待在201室里。

乔嘉恒更像没事一样，一整天都不肯出门，就是黏着她。

黄楚言休息时就习惯赖床，睡到饱才肯起床。她起床的时候总会发现乔嘉恒已经买好了早餐，还有午饭和晚饭需要用到的食材。

他独自在201室生活的这段时间，学会了做饭，手艺甚至还不错。

黄楚言觉得他做的菜和黄建阳做的没什么差别。

是的，乔嘉恒的厨艺和一个单亲爸爸的厨艺在一条水平线上。

乔嘉恒还会自觉去打扫卫生,至少黄楚言和他在家里住的这几天,她没碰过抹布和扫把之类的东西。

夏天,大街上炎热,他们习惯窝在空调房里休息。乔嘉恒打游戏的时候,黄楚言就在旁边上网,心情好的时候还会陪他玩上几盘。他们还会一起看电影,将窗帘拉上,漆黑的环境中,屏幕的光一明一灭。乔嘉恒坐在沙发上,黄楚言将头放在他的大腿上,张着嘴等他给自己喂葡萄,他甚至还会提前把手放到她的嘴边,等着她吐葡萄皮。

傍晚,两人吃饱了也会出去遛弯散步。

有一天,乔嘉恒带着黄楚言去公园的篮球场。乔嘉恒打球的时候,她就在一边看着,然后亲眼见证乔嘉恒被两个女孩儿搭讪。回去之后,她闹脾气,说自己再也不想去篮球场了。他哄她,说自己以后也不去了。

没想到第二天,两人去公园散步,乔嘉恒去超市买水,一走出来就看见有个男生在找黄楚言要电话号码。

虽然她拒绝了,但乔嘉恒还是觉得不爽,回去之后也耍脾气,说自己以后不去公园了。

黄楚言耸了耸肩膀,说:"好,那我自己去。"

乔嘉恒气得说不出话,臭着脸去厨房洗碗。

黄楚言见他这样又觉得可怜,最后还是贴上去安慰他。

两人总是闹到很晚才睡,那天乔嘉恒突然说自己幸福得要死掉了。

黄楚言问:"你怎么就幸福了?"

"跟你生活,每天见到你,给你做饭洗碗,和你一起看电影打游戏,散步逛街,都让我觉得幸福。"

黄楚言将手伸进他的头发里,摸他的脑袋,笑着问:"真的?现在我让你去死,你肯去吗?"

"你肯吗?"乔嘉恒抬起头看她。

两人的脸上都带着潮红。

黄楚言的鼻尖聚着汗水,眼神精明狡黠,她说:"我不要,我要好好活着,我这么自私。"

乔嘉恒笑着说:"我就知道。"

"你肯吗?"黄楚言又问。

乔嘉恒诚恳地说:"不肯,因为我舍不得。"

时间过得很快,两周时间很快就过去了,越靠近假期的末尾,柳弥的信息发得越勤。

黄楚言这边被柳弥追得紧,刘智涵那边也不小心泄露了乔嘉恒谈恋爱的事,但乔芝琳并没有对儿子的恋情追根究底。

黄楚言回海市后,乔嘉恒去找乔芝琳吃饭,她才在饭桌上无意问起他恋情的事。

乔嘉恒只说是自己的高中同学,这两个月才重新联系上,就顺理成章在一起了。

乔芝琳也没多问,只是让他别做坏事,辜负女孩儿。

乔嘉恒说:"我很喜欢她。"

暑假结束后，学校开学，乔嘉恒和黄楚言正式开始异地恋。

他们本来说好周末轮流去对方的城市，但乔嘉恒太黏她，一有时间就来海市找她，

之后就乱了顺序，也忘了轮到谁去看谁了。

黄楚言也尝试过在他上课的时候突然出现在教室门口，他真把她的出现当作惊喜，眼里露出兴奋，身后如果长了条尾巴，估计都能摇起来。

乔嘉恒本以为他和黄楚言会偷偷再谈两三年恋爱再公开，却没想到乔芝琳从他的外套口袋里翻出他周末往返海市的车票。

乔芝琳本没多想，只是笑着调侃："女朋友在海市吗？你每周都去。"

乔嘉恒"嗯"了一声。

紧接着，乔芝琳随口说："楚言也在海市。"

她只是想起黄楚言，无意间说出口，但乔嘉恒就这样愣住了。

于是乔芝琳也愣住了。

见瞒不住，乔嘉恒就和乔芝琳坦白了，但他还是说了谎，他掩去了他和黄楚言那段没头没尾的恋情。

他说自己很早的时候就喜欢上她，但是因为两家的关系，他一直藏着没说。两人在海市重遇后，才开始谈恋爱。

乔芝琳望着他好一会儿，似乎是在回忆过去，最后她问："那你当时应该很难受吧？在我说要和黄叔叔结婚的时候，还有……误以为我怀孕的时候？"

乔嘉恒点头道:"但当时你说要和黄叔叔结婚的时候,我说不同意了。"

"没事的,每个人都有追求爱的权利。我想结婚是在追求我的爱,你不同意也是在追求你的感情。"乔芝琳说,"虽然我是你妈妈,但没有你让着我的道理。儿子能为母亲妥协,母亲为什么不能为儿子牺牲呢?"

幸好,他们这对母子没走到为对方妥协牺牲的地步。

老天爱捉弄人,好在只是向他们开了个玩笑。

如今,一切已经过去,他们都得到了自己想要的幸福。

黄楚言知道恋情暴露后,在电话里着急问乔嘉恒情况。

乔嘉恒说:"我妈一直想要你这个女儿呢。"

黄楚言听出其中的意思,说:"我没想结婚呢。"

乔嘉恒"嗯"了一声,说:"等你想结婚的时候,可以跟我说一声。"

说实话,他也没想过很久以后的事情,却有信心给黄楚言承诺。

他能一直陪着她,直到最后。

春天来了又走,在乔嘉恒生日这天,又下了雨。

黄楚言来到他们原本的家里,和乔嘉恒一家人吃饭。

除了乔芝琳,黄楚言的对面还坐着乔芝琳的丈夫和刘智涵。

女孩儿一见到她,就睁大眼睛打量她,她看过去的时候,对方又转移视线，不敢大方看，也不说话，不知在想着什么。

而乔芝琳总是看黄楚言，眼里带着温柔，她像从前一样给她夹菜盛汤，仿佛她们从来都是一家人。

黄楚言一顿饭吃得胸口温热。

临走的时候，刘智涵终于像是和她和解，送了她一串钥匙扣，带着白色流苏和小小的雨伞图样："姐姐，送你的。"

"你怎么突然送我这个？"

"因为你很漂亮……不知道，我就想送你！"她说话前言不搭后语，似乎也不知道自己在说什么，耳根子也紧张到发红。

黄楚言笑着收下钥匙扣，说："谢谢。"

关上门后，乔嘉恒和黄楚言并肩走在熟悉的漆黑楼道里。

走到一楼，檐外下着雨，两人默契地没有走出去，只是站在楼里，看着下雨的天空。

黄楚言有一种时空穿越的错觉，回忆里的场景和眼下的画面几乎重叠，那天也是他生日，那天也下了雨。

她向他开着要当他妹妹的玩笑，给他点蜡烛，哄着他说喜欢自己。

乔嘉恒似乎也想起过去，轻笑出声。

对他们来说，记忆中的那个春天是一只纸老虎，长出了和猫一样的柔软尾巴。

他突然拉起黄楚言的手腕，问她："你要不要去看我的自行车？"

黄楚言忍不住笑道："我已经高中毕业了，你以为还能骗到我吗？"

乔嘉恒也笑了，他拉着她往后面走。

他们躲进楼梯后的狭小空间。

每年都有新的春天，而在每个新的春天，他们都会创造出新的记忆。

Extra / 春忆

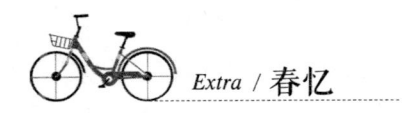

五月末，春天的尾巴，大学毕业季来临。

各大高校毕业典礼的时间不一，黄楚言是较早毕业的那批。她拍毕业照的时候，和她不同校的朋友还在为了毕业答辩而紧张，所以她毕业的那天只有柳弥和钟迟来看她，不过两个人已经足够——柳弥活跃气氛，钟迟负责帮她拍照记录。

在看得到大学招牌的学校大门口，黄楚言被柳弥哄骗着拍下她跃起将帽子扔向天空的照片，柳弥在钟迟按下快门键的时候还给她配音："我毕业啦！"

黄楚言凑过来，看到屏幕里自己头发凌乱五官乱飞的照片，气得都笑了："这太土了。"

柳弥看她一眼："毕业就是要留下一张这样的照片。"

黄楚言顺利毕业之后，她收到韩梓昕的信息——她想邀请黄楚言去参加她的毕业典礼。

"我去做什么？"黄楚言问。

"给我拍拍照啊！你一定要来见证我毕业的时刻，我特别想你。"

韩梓昕的甜言蜜语打得黄楚言晕头转向，最后她迷迷糊糊答应了，还在最后问了韩梓昕，她们全校的学生是不是都在这一天毕业。

韩梓昕不知她在想什么，只是回答："应该吧，这天是一起拍毕业照的日子。"

黄楚言没再多问。

从海市坐飞机回去的前一天晚上，她又点开韩梓昕她们学校的表白墙，机械又熟稔地刷新着。

距离第一次点进这个账号已经过去了三年，这三年来，只要她一想起乔嘉恒，就会点开这个账号，翻找有关于他的痕迹。但世界总是"但见新人笑不闻旧人哭"。在乔嘉恒逐渐变成高年级的学长之后，表白墙上捞他的动态少了很多，黄楚言很多时候都一无所获，因此她窥探该账号的频率也低了许多。

今天，她重新点开"表白墙"，发现表白墙的学生近日在捞一个新生，说是计算机系的，求联系方式的帖子层出不穷。

黄楚言点开他们偷拍的背影照片看。

啧，比不上乔嘉恒。

自从在乔芝琳的婚礼上分开后，黄楚言再没见过乔嘉恒，的确有一段时间了，所以他们的那段关于春天的记忆变得更远了。

但现在也是春天，湿润的空气和常下雨的天空让黄楚言会轻易地想起那个春天，即使它在时间的尺度上是很遥远的。

几天之后，黄楚言带着钟迟的宝贝相机来到韩梓昕和乔嘉恒的学校。

穿着学士服的韩梓昕看见黄楚言穿着短袖短裤，露出的皮肤是很健康的小麦色。她深刻地意识到她们都长大了——黄楚言长成了很健康有力的模样，褪去了高中的阴郁古怪气质，变得亲切和蔼。

两人一段时间没见了，但一碰面就又能找回高中时的相处模式。韩梓昕叽叽喳喳地向她介绍学校里的一切，扒着一棵树说我要在这里拍照，又跑到体育馆前的空地对黄楚言说她要拍那种跳起来的毕业照片。

黄楚言想起自己很不满意的那张照片，说："我懂我懂，你要往天上扔学士帽，是不是？"

"是啊是啊，你真懂我。"

黄楚言无奈笑笑，然后开始咔嚓咔嚓为她拍照。

韩梓昕带着黄楚言在学校里逛了好一会儿。学校里的每个角落都聚集着穿着学士服的毕业生，他们吵吵闹闹，都在为自己留下在学校里最后的记忆。

黄楚言每经过一群人，眼神就要快速地划过他们的面孔，确定乔嘉恒不在其中后，她又会轻飘飘地收回眼神。

身边的韩梓昕沉迷在欣赏自己的照片中，并没有注意到她的异样。

但黄楚言今天运气不佳，在学校里逛了两小时，都没有看到乔嘉恒的影子。她猜测乔嘉恒今天不在学校里，于是心中期待的火苗慢慢熄灭。她没再想着要碰见他。

下午的时候，原本晴朗的天空突然变得阴沉，下一秒，雨就落了下来。

春天的雨就是这样，心血来潮地就来了。

黄楚言跟着韩梓昕躲进宿舍楼里。韩梓昕摘下自己的学士帽，说自己上去拿伞，让黄楚言在原地等她一会儿。

黄楚言答应下来，她百无聊赖，开始低头摆弄相机，一张张检查今天给韩梓昕拍的照片。然后，她的视野里突然出现一只手，那手里还抓着一把黑色的折叠伞。

黄楚言抬头看过去，发现是一个男生，她不认识这人，但觉得他这张脸熟悉。

男生看起来比她小一些，他说："你好……学长让我给你的伞。"

"什么学长？"黄楚言接过这把伞，犹豫地问。

"我的学长。"男生露出尴尬的神色，似乎是不想多说。

"哦！那我要怎么还给你呢？"

"学长说不用还。"

"那不好吧，还给你吧。"

"不用不用，学长说送给你了。"男生这么说完，就撑着伞踏入雨幕中。

黄楚言盯着他的背影，突然想起他是谁了——前几日她在表白墙上看到的被捞了好几次的那个新生。

她记得他是计算机系的，所以，他的学长也是计算机系的……

韩梓昕拿着伞下来的时候，发现黄楚言已经不在原地了。

雨停了，人也消失了。她着急地拿出手机，问她在哪里，黄楚言说自己看雨停了就一个人走到操场上逛一逛。

韩梓昕到操场的时候，发现这里被毕业生占据，黑漆漆一片都是学士服的颜色。她在其中找到了黄楚言，问她怎么来这里了。

黄楚言的脖子上挂着相机，手里拿着一把折叠伞，说："无聊，逛逛。"

"这伞哪里来的？"韩梓昕盯着她手上的伞问。

黄楚言低头看手里的伞，然后说："地上捡的。"

晚上，和同学们聚餐的乔嘉恒在烧烤店里站起身，打算出去透透气。

刚推开烧烤店的大门，一股夹着雨的风袭上面颊。

他被热气熏红的脸顷刻冷了下来。他抬起眼，正要走出去的时候，看到对面屋檐下的黄楚言正撑着他的伞，她就静静地看着他，而乔嘉恒的脸又一下烫了起来。

第二天，韩梓昕来找黄楚言看昨天给她拍的照片。黄楚言当时正在整理行李，她指着沙发上的电脑："都拷在里面了，你自己看看。"

韩梓昕期待地打开电脑，一张张照片看过去，然后她的脸色越来越垮。

几分钟后，韩梓昕对着黄楚言的房间大喊："啊，怎么全都是乔嘉恒啊！你还说你去操场散步，原来是被他勾走了！还都是偷拍视角，你狗仔吗？"

黄楚言在房间里反驳："就几张而已，你别胡说，小题大做！"

"这还就几张，除了我就是他了，还把他拍得这么帅！我呢？"

"你也很美！"

"我要告诉乔嘉恒，你对他还念念不忘！"

黄楚言从房间里走出来，脸上带着柔软的笑，她说："你去吧。"

她家的茶几上放着乔嘉恒的那把伞。

昨晚她没还给他，他说今天会来她家拿。

图书在版编目（CIP）数据

春虎的猫尾 / 浪南花著. -- 南京：江苏凤凰文艺出版社, 2025.1. -- ISBN 978-7-5594-8997-5

I. I247.5

中国国家版本馆CIP数据核字第2024N7P737号

春虎的猫尾

浪南花 著

责任编辑	白　涵
策划编辑	阿　宅
特约编辑	阿　宅
封面设计	光学单位
责任印制	杨　丹
出版发行	江苏凤凰文艺出版社
	南京市中央路165号，邮编：210009
网　　址	http://www.jswenyi.com
印　　刷	三河市九洲财鑫印刷有限公司
开　　本	880毫米×1230毫米 1/32
印　　张	8
字　　数	164千字
版　　次	2025年1月第1版
印　　次	2025年1月第1次印刷
标准书号	ISBN 978-7-5594-8997-5
定　　价	49.80元

江苏凤凰文艺版图书凡印刷、装订错误，可向出版社调换，联系电话 025-83280257